ENQUÊTE À PONTAILLAC

WWW.GESTEDITIONS.COM

OLIVIER MERBAU

ENQUÊTE À PONTAILLAC

LA GESTE

À Sir Gary Horlacher,
sans qui ce livre n'aurait pu être écrit

CHAPITRE 1-

Le petit homme à l'air vif et à la moustache soigneusement cirée en guidon de vélo pénétra dans le hall du *Golf-Hôtel* de Pontaillac d'une démarche particulièrement décidée. Derrière lui, deux chasseurs, pantalon et petit cardigan rouge à brandebourgs dorés, toque rouge, chargèrent une malle volumineuse et deux valises de cuir fauve pour aller les déposer à côté des ascenseurs. Il se dirigea droit vers la réception où le préposé, avec force courbettes et sous le regard étonné de quelques autres clients présents dans le hall, l'introduisit immédiatement et avec une déférence

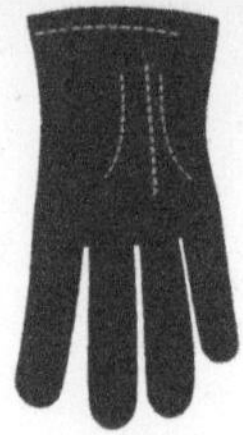

notoire dans un couloir spacieux dont le tapis rouge menait à une haute porte de cuir estampillée d'une plaque dorée marquée « Direction ». Il fut immédiatement introduit auprès d'un géant brun bien portant dans la force de l'âge, à qui sa chevelure fournie où commençaient à se discerner quelques reflets argentés et sa barbe en carré contribuaient à donner un air de rigueur et d'autorité réfléchie.

— Ah, vous voici enfin ! s'écria-t-il en voyant avancer son visiteur. Vous ne pouvez pas vous imaginer avec quelle impatience je vous attendais ! Deux semaines que mon télégramme est parti ! Et la situation n'a fait qu'empirer ! Mais installez-vous, désirez-vous un rafraîchissement ?

Le contraste entre l'aspect imposant de l'homme et sa voix fluette d'adolescent boutonneux malgré l'accent gascon n'avait pas dû aider à la sérénité d'une jeunesse désormais lointaine. Son interlocuteur toussota et se carra sans façon dans l'un des profonds fauteuils de cuir sombre disposés en un salon privatif devant les hautes portes-fenêtres qui donnaient sur un jardin soigné, illuminées par le soleil couchant.

— Mon cher ami, votre télégramme a transité par Londres et Dublin avant de revenir à Bruxelles, d'où il m'a été réexpédié à Trieste. Mais vous n'étiez pas très disert, expliquez-moi donc ce qui se passe au *Golf-Hôtel*!

— Ah, c'est inexplicable mon ami, tout bonnement inexplicable!

Le géant s'anima soudain, levant ses bras au ciel et agitant ses mains comme une marionnette désarticulée, sa voix de fausset partant dans des aigus de castrat.

— Figurez-vous que toute une série de disparitions

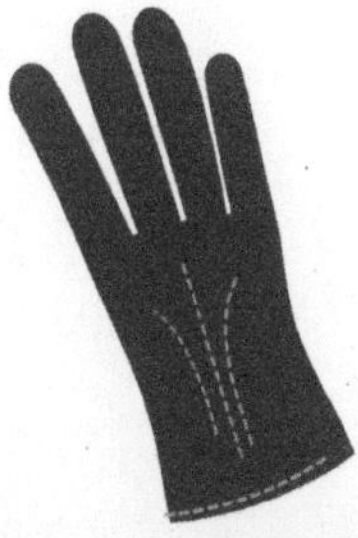

inexplicables ont eu lieu depuis quelque temps !

Il courut soudain vers sa porte pour l'ouvrir brusquement comme s'il soupçonnait quelqu'un d'écouter, puis renouvela l'opération aux portes-fenêtres de sa terrasse privée qui donnait sur les jardins de l'établissement.

— Des disparitions, dites-vous ? Quelles ? De personnes ou de biens ?

— Mais des vols, voyons, des vols ! Cela me rend fou, voyez-vous ! Imaginez-vous un instant : des vols au *Golf-Hôtel* ! Il n'y en a jamais eu depuis la création de la ville en 1836 ! Si le fait venait à s'ébruiter, c'en serait fini de notre réputation et ces gueux d'Arcachon et de Biarritz pourraient ricaner tout à leur aise !

— Donc mes petites cellules grises déduisent de vos propos que vous n'avez pas fait appel à la police et que les dédommagements que vous avez versés à vos clients pour obtenir leur silence en plus de couvrir leurs préjudices sont en train de vous mettre sur la paille. Puis-je seulement vous rappeler, mon cher ami, que nous n'intervenons financièrement qu'à la condition expresse d'une démarche judiciaire officielle auprès des autorités compétentes ? Vous connaissez l'article 4, alinéa 2, de votre contrat comme moi et…

— Mon cher Poirot, l'interrompit le directeur, je le connais parfaitement, comme vous venez si bien de le rappeler. Vous savez cependant qu'une démarche officielle serait obligatoirement publique, et les conséquences en seraient si fâcheuses qu'elle est tout bonnement impossible. C'est pourquoi j'ai prié la compagnie de pouvoir faire appel à vous à titre… privé et… amical, si je puis dire, hors contrat en quelque sorte, et à titre exceptionnel, ces messieurs du Conseil ont eu la bonté de répondre à ce vœu. Vos émoluments ne vous seront donc pas réglés par la compagnie mais directement par moi-même, et je vous prie de bien vouloir m'indiquer dès maintenant la somme qui vous paraît nécessaire pour entreprendre votre enquête avec célérité, je vous la réglerai sur-le-champ ! Mais je vous supplie de nous aider à résoudre ce mystère ! Vous seul pouvez y parvenir ! Tout ce qui s'est passé est tout bonnement incroyable, impossible, inexplicable, inimaginable !

— Allons, allons, calmez-vous ! Racontez-moi plutôt…

CHAPITRE 2

Hercule Poirot, costume de lin couleur crème, le gilet de daim barré d'une chaîne de montre en argent, chemise de soie immaculée et cravate aux couleurs de son club londonien, pénétra dans la salle à manger pour prendre son petit-déjeuner.

— Ah ! Bonjour Monsieur, quel plaisir de vous revoir ! le salua le vieux maître d'hôtel aux favoris blancs d'une autre époque.

— Bonjour Geoffrey, toujours vaillant et toujours à la tâche, je vois ? répliqua Poirot.

— Oh, Monsieur sait bien que je ne m'arrêterai jamais… Installez-vous. Je vais vous faire servir par… voyons… par Titouan ! C'est le plus dégourdi de nos apprentis cette saison, encore un peu gauche et parfois une pointe d'humour déplacé, mais malin comme un singe et il n'a pas les yeux dans sa poche ! Ni sa langue d'ailleurs, il vous racontera tous les potins de la station. Je n'ai même pas idée de comment il fait pour savoir tout ce qui se passe ! J'espère que vous l'apprécierez, et je suis certain de votre indulgence à son égard. Mais permettez-moi de vous conseiller de prendre des œufs ce matin : ils sont tout frais pondus, je les ai ramenés moi-même de la ferme de ma voisine à Saint-Palais.

Poirot jaugea d'un coup d'œil le grand jeune homme blond bien bâti qui se tenait respectueusement derrière le maître d'hôtel.

— Eh bien, jeune homme, renseignez-moi donc ! lui dit-il avec un sourire.

— Euh... que désirez-vous savoir, Monsieur ? répondit le jeune serveur rougissant qui jeta un coup d'œil interrogatif à son supérieur.

— Vous devez dire à M. Poirot tout ce que vous voyez et entendez, fit celui-ci à voix basse, M. le directeur y tient beaucoup.

— Votre directeur est bien bon à mon égard, mais je ne veux rien savoir de bien compliqué ni confidentiel. Pour l'instant du moins. Parlez-moi un peu des clients... J'entends parler une langue étrange à la table d'à côté, qui sont ces gens ?

— Le comte et la comtesse Audden, dit le jeune serveur à mi-voix en versant le thé, ils sont suédois. Les jumeaux sont leurs petits-enfants. Ils ont dîné avec le préfet l'autre soir, je suppose

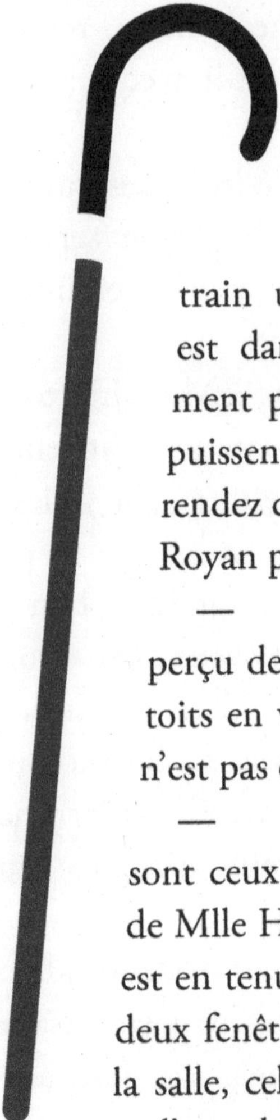

qu'ils doivent être dans la politique dans leur pays… Ils ont amené par le train un petit voilier qui est dans le port, uniquement pour que les garçons puissent s'amuser, vous vous rendez compte ? Un bateau à Royan par le train !

— Ah oui, j'ai entraperçu des mâts au-dessus des toits en venant de la gare, ce n'est pas celui-ci donc ?

— Oh non, ceux-ci sont ceux du grand trois-mâts de Mlle Hériot ! C'est celle qui est en tenue de tennis entre les deux fenêtres de l'autre côté de la salle, celle de gauche, l'autre est l'une de ses amies. Elles sont descendues ici pour quelques jours car le bateau est en panne, d'après ce qui se dit sur le port.

— Elle a un bateau en étant aussi jeune ?

— C'est celui de Mme Hériot mère, pas le sien, mais il se dit que c'est elle qui commande quand elle est à bord !

— Ah, je vois. Il y a donc de l'argent dans la famille. Et la grande table où il n'y a que des messieurs ?

— C'est le prince Mourousi et ses… heu… je ne sais pas trop comment les qualifier… ses amis ? Il paraît que leur conduite les a fait jeter dehors à Nice comme à Monte-Carlo, pourtant le prince est très riche ! Il m'a proposé un pourboire fabuleux pour que je… que je passe un moment avec eux… mais j'ai préféré refuser… Je n'ai rien contre ces gens-là bien sûr, mais…, ajouta le jeune homme en rougissant jusqu'aux oreilles, c'était une sacrée somme quand même !

L'air contrit du jeune homme faillit faire pouffer de rire Poirot.

— Vous avez bien fait de refuser. M. le directeur n'aurait certainement pas apprécié une telle inconduite de la part d'un membre du personnel, même pour satisfaire un client aussi riche. J'espère que vous aurez quand même un bon pourboire de la part du prince… Et ce jeune officier solitaire qui se dirige vers la terrasse ? Il est vraiment très jeune d'ailleurs ! Quel âge peut-il bien avoir ?

— Oh, lui, je ne le connais pas. Il n'est pas d'ici et a débarqué il y a peu, mais il est déjà à tu et à toi avec tous les marins du port et les marchands de glace sur la plage ! Il vient manger ici de temps en temps. Il navigue avec un marin très laid qui ne descend jamais à terre et qu'il traite plutôt en ami, toujours d'après ce qui se dit sur les quais, moi je ne l'ai jamais vu. Mais il paraît que quand le capitaine du port est monté à bord, ce matelot l'a fiché à l'eau et l'a menacé d'un revolver qu'il trimbale tout le temps ! C'est un homme horrible qui semble s'amuser à effrayer les gens…

— Ce capitaine porte une boucle d'oreille, c'est surprenant chez un officier ! Comment s'appelle-t-il ?

— Corto Maltese. Il va souvent sur la plage vers la Grande-Côte, l'après-midi, là où les *baignassous* se mettent tout nu !

— Étrange, vraiment… Et les deux autres messieurs solitaires ?

— Le jeune à côté de la porte, c'est un peintre, prussien ou bavarois, je ne sais pas exactement ; il barbouille de la couleur tous les jours un peu partout sur le front de mer, mais c'est assez commun, d'après ce que j'ai entendu dire par des gens qui s'y connaissent en peinture, parce que moi…

— Peut-être le talent lui viendra-t-il avec l'expérience, rien n'est jamais acquis, il faut du temps et de la pratique, en art comme en toutes choses. Dites-moi qui est l'autre et apportez-moi quelques toasts supplémentaires s'il vous plaît.

— C'est un écrivain, il s'appelle Marcel Proust. Il est venu prendre des bains de mer car il est malade et…

— Ah ! C'est donc lui ! Je le connais de réputation. Un très grand écrivain, l'un des meilleurs de la génération actuelle ! Un talent des plus prometteurs !… Mais qui voici donc ? Mon cher ami, asseyez-vous à ma table ! Titouan, amenez donc un café à M. Trichet ! Eh bien mon cher, je pensais bien vous trouver par ici un jour ou l'autre !

L'homme qui venait de franchir le seuil et se trouver ainsi apostrophé s'avança avec un grand sourire. François Trichet était l'historien de la ville et des environs dont il connaissait tout, le passé comme le présent, une gloire locale qui se tenait au fait de toutes les anecdotes de la vie des habitants permanents comme de celles des estivants qui venaient prendre les bains de mer dans leurs villas de vacances sur la Côte de Beauté. Les deux hommes se serrèrent chaleureusement la main.

— Monsieur Poirot, quel bon vent vous amène à Pontaillac ? Une nouvelle enquête en perspective ?

CHAPITRE 3

Le lendemain, Hercule Poirot sortit de la grande poste de Royan où il avait reçu du secrétariat de la compagnie un long télégramme d'apparence anodine. La réponse aux renseignements qu'il avait demandés sur les personnes citées par le jeune Titouan lui était parvenue exceptionnellement vite, essentiellement parce que la compagnie ne savait pas grand-chose les concernant. Il décida de rentrer au *Golf-Hôtel* en suivant le front de mer et passa devant l'anse fermée d'une jetée de pierre qui constituait le port de la station balnéaire. Quelques bateaux de pêche faisaient sécher leurs filets, des filadières mettaient à la voile pour s'éloigner lentement vers le banc de Saint-Georges ou l'estuaire. Les passagers du bac à vapeur et à roues à aubes embarquaient, à l'extrémité de l'estacade à laquelle était amarré également un beau yacht noir à trois mâts, sans doute celui dépeint au détective comme appartenant à Mme Hériot, propriétaire des *Grands Magasins du Louvre*, rue de Rivoli à Paris, et familière des tables les plus prestigieuses et des palais des têtes couronnées de toute l'Europe. Des matelots s'activaient à des travaux d'entretien et de vernis pendant que des hommes en bleus semblaient travailler sur une mécanique. Le bateau respirait le luxe et le train de vie de la classe la plus huppée de la population. Poirot ralentit et observa l'agitation du bord, puis continua le long du quai. Un voilier de tonnage beaucoup plus modeste, beige et gréé à deux mâts, était au mouillage à quelques mètres de la jetée, une simple amarre et une planche en guise de passerelle le retenant au quai. Il était très différent des bateaux du cru : très large, son étrave verticale supportait un beaupré horizontal, ses flancs faisaient des angles vifs à la flottaison, il avait deux gouvernails à l'arrière, ses mâts trapus étaient peints en blanc, et la cabine occupait presque toute la longueur du pont. Une tente sur l'arrière ombrageait un hamac d'où dépassait négligemment une jambe noiraude, sans qu'on puisse discerner si c'était sa couleur naturelle ou celle d'un vêtement. Une petite musique lancinante s'en échappait dans la brise, cordes pincées au son cristallin qui n'était ni celui d'une mandoline, ni celui d'une guitare. Hercule Poirot essaya de voir qui pouvait bien être le musicien, mais le contraste entre la lumière vive et l'ombre dans laquelle se trouvait celui-ci ne lui permit pas d'en savoir plus. En se retournant, il vit le capitaine aperçu à l'hôtel avancer nonchalamment sur la jetée, discutant avec les jumeaux blonds comme les blés de la famille Audden qui semblaient passablement excités. Le jeune officier semblait amusé par leurs propos et les aida à embarquer dans un minuscule et joli voilier bleu sombre fin comme une épée, dans lequel ils ne pouvaient plus bouger une fois assis. Ils hissèrent la voile et leur mentor largua les amarres. Le temps de dire « ouf » et ils furent un point sur l'horizon de l'estuaire, suivis des regards éberlués de nombre de marins locaux qui, visiblement, n'en revenaient pas de la rapidité de leur embarcation et de la facilité de manœuvre qu'elle permettait.

— Extraordinaire ! fit à tout hasard Poirot qui s'était approché du jeune marin.

— N'est-ce pas? fit celui-ci. Ces *skerrys* scandinaves sont des voiliers surprenants en termes de vitesse pure. Et avec deux jeunes gens aussi vifs que ceux-ci, nul doute qu'ils écumeraient les régates de Royan si d'aventure ils s'amusaient à s'y inscrire! Je ne connais aucun voilier de la place capable de rivaliser. Ni ailleurs non plus pour être clair. Peut-être qu'en Nouvelle-Angleterre… Mais je ne savais pas que vous vous intéressiez aux bateaux, monsieur Poirot? termina-t-il en souriant.

— Je ne m'y intéresse pas, ou fort peu, simplement comme d'une anecdote. Je ne suis pas marin, commandant Maltese!

— Ha ha ha! rit le jeune homme. Je vois que nous sommes aussi curieux l'un que l'autre et que nos circuits d'informations respectifs fonctionnent bien! Moi qui espérais vous surprendre, j'en suis pour mes frais ! Égalité, comme disent les tennismen !

— Je ne connais rien au tennis, commandant. Mais vous êtes bien jeune pour une telle responsabilité, quel âge avez-vous donc, si ce n'est pas indiscret ?

— J'ai 21 ans, monsieur Poirot, bientôt 22 ! Mais mon brevet de la marine britannique est tout ce qu'il y a de plus authentique, je vous l'assure : je l'ai obtenu l'an dernier à Hong Kong après avoir suivi les cours de l'école de l'Amirauté. Je sais qu'en général dans à peu près tous les pays il faut plusieurs années de formation mais… comment dit-on chez vous, déjà ? Ah oui, c'est quelque chose comme ça : « aux âmes bien nées, la valeur n'attend pas le nombre des années », c'est cela ?

— Les écrivains français ont de telles prétentions, jeune homme, mais voyez-vous, je suis belge, et nous sommes un bien trop petit pays pour nous permettre de dire de si grands mots ou des excentricités pareilles ! Mais comment avez-vous pu venir de Hong Kong à Royan en aussi peu de temps ?

— Très facilement ! J'ai traversé le Pacifique en cargo avec mon ami Jack London, puis le continent américain par le train, tout bêtement !

— Et ce bateau ?

— Je l'ai acheté à Boston avant de traverser l'Atlantique. Vous posez toujours autant de questions ?

— Généralement oui. Je suis curieux, que voulez-vous, et voir un aussi jeune homme propriétaire d'un aussi beau voilier surprend. Je ne connais pas beaucoup de jeunes gens, belges ou de quelque nationalité d'ailleurs, au moins sur ce continent, qui seraient capables de traverser ainsi l'océan avec un équipage aussi réduit…

— Ha ha ha ! Rassurez-vous, je suis pleinement conscient de ne pas avoir l'expérience nécessaire pour commander de gros bateaux, c'est pourquoi je me contente de celui-ci. Il est à ma taille et me permet de rester libre ! Mais vous ne connaissez pas les hommes de Cornouailles ! Chez nous, à Tintagel, nous sommes tous marins de père en fils, et nous apprenons la mer au berceau.

— Et votre équipage qui s'amuse à faire peur aux gens est aussi originaire de… comment dites-vous ? Tintagel ?

— Tintagel est un pays de légende, rien ne s'y fait comme nulle part ailleurs ! Mais ce n'est pas mon équipage, c'est mon associé. Le capitaine Raspoutine, de la marine russe ! Faites attention, il est parfois violent et tire sans trop de sommations sur ceux dont la tête ne lui revient pas !

— Et cela arrive souvent ?

— Pas trop ces derniers temps, il se civilise petit à petit. Il en allait autrement en Chine ! Mais il descend peu à terre s'il n'y a aucune affaire susceptible d'éveiller son intérêt : Raspoutine ne se passionne que pour l'or et les richesses, monsieur Poirot !

— Tiens, tiens, voyez-vous ça ! s'exclama le détective. Prétendez-vous qu'il n'y a pas suffisamment d'or, d'argent ou de bijoux à Royan pour exciter sa convoitise ?

— Certainement pas suffisamment pour Raspoutine, rit le jeune Corto, il ne se dérange pas à moins d'un train complet ou d'un bateau rempli jusqu'aux écoutilles ! Mais je dois aller à bord. À bientôt, monsieur Poirot, et vous me direz quel trésor vous-même venez chercher à Royan !

CHAPITRE 4

La conche de Pontaillac était noire de monde en ce dimanche où la foule des Bordelais en repos dominical se joignait à celle des estivants. Les cabines de bois, louées pour l'après-midi, s'ouvraient pour laisser apparaître des naïades en maillot à volants descendant jusqu'aux chevilles, protégées d'un grand chapeau de paille à ruban. Des hommes en pantalon blanc relevé aux genoux et chemise au col dénoué, un canotier sur la tête, les attendaient ou discutaient entre eux, assis sur le sable ou sur les chaises du café louées pour l'occasion. Le fort accent du Sud-Ouest semblait indisposer le peintre qui barbouillait consciencieusement mais avec nervosité une toile posée sur un chevalet de bois. Sa boîte de couleurs posée sur le parapet était imposante et laissait apparaître nombre de tubes, de pinceaux, de couteaux et de chiffons. Les gestes brusques de ses aplats de couleur faisaient voler la mèche noire qui ombrageait son front, et il semblait passablement de mauvaise humeur. Hercule Poirot, arrivant derrière lui, ne jeta qu'un coup d'œil au tableau, mais inventoria d'un regard le contenu de la boîte.

— Belles couleurs, dit-il poliment.

— Ach ! Ne me parlez pas quand che travaille s'il fous plaît ! lâcha sèchement le peintre. Décha que tout ce monte m'empêche de me concentrer, che ne peux pas en plus fous faire la confersation !

— Excusez-moi, monsieur le grand artiste, prononça le détective qui continua son chemin après une courbette un rien exagérée.

Il poursuivit sa promenade, admirant les balcons de bois ouvragés des demeures balnéaires toutes plus tarabiscotées les unes que les autres, et évitant les enfants qui couraient dans tous les sens. Il fit une halte et se tourna vers le large. Au loin dans la brume de chaleur qui s'élevait de l'estuaire, un trait d'ombre signalait l'emplacement du phare de Cordouan. Un gros vapeur qui s'obstinait à remonter péniblement l'estuaire contre le courant du fleuve et celui de la marée au milieu de volutes de fumée noire fut rattrapé et dépassé par le petit yacht bleu des jeunes Audden qui lui tourna autour comme si le cargo avait été au mouillage. La passe était si proche de terre que Poirot reconnut les chevelures blondes des jeunes gens, et pour un peu il crut les entendre rire.

Empruntant une venelle étroite tout encombrée de roses trémières qui remontait entre les jardins, il buta à l'angle contre Marcel Proust qui descendait à pas pressés vers la plage. Les deux hommes s'excusèrent mutuellement de leur maladresse, mais l'écrivain mit fin rapidement à la conversation et s'élança dans la pente comme s'il était attendu. Ce comportement brusque intrigua fort son interlocuteur qui n'en demandait pas tant. Poirot fit donc demi-tour et le suivit jusqu'au trottoir d'en face. Il vit le jeune homme se précipiter vers le peintre teuton, et le sourire de celui-ci à son égard, que le détective considéra être de commande, lui laissa un arrière-goût amer. L'écrivain sortit un petit paquet de sa poche et le tendit à son interlocuteur, qui le prit avec empressement pour le ranger dans sa boîte de couleurs. Puis il essuya ses instruments, replia son chevalet, et les deux hommes prirent la direction de l'hôtel en discutant.

Poirot fit de même, remontant une seconde fois l'étroit passage. Les mêmes causes produisant souvent les mêmes effets, il buta derechef contre Corto Maltese qui venait en sens inverse, un long paquet sous le bras.

— Allons bon, décidément ! dit Poirot. Excusez-moi. J'espère ne pas vous avoir fait mal ?

Le jeune marin ramassa son paquet et sa casquette qui avaient roulé par terre et lui sourit.

— Pas du tout, rassurez-vous. J'espère ne pas vous avoir fait mal non plus, j'allais vite et j'étais perdu dans mes pensées, je vous l'avoue !

— À quoi peut bien penser un jeune capitaine quand il est à la côte dans un pays aussi charmant ? Quelque conquête à laquelle vous souhaitez faire un présent ? fit-il en fixant des yeux le colis.

Corto se mit à rire.

— Les filles d'ici sont jolies mais ce n'est pas ma première préoccupation en ce moment, dit-il. Auriez-vous vu les jumeaux Audden par hasard ? Je leur ai promis d'aller naviguer avec eux et je suis en retard sur la marée…

— Je les ai vus passer devant la plage avec leur… *skiff*, avez-vous dit ? Je suppose que vous les trouverez au port… Où diable pensez-vous pouvoir loger ce paquet à leur bord ? Leur embarcation est si minuscule…

— Tous les bateaux sont minuscules, monsieur Poirot, et pourtant on y trouve toujours un capharnaüm indescriptible ! Plus ils sont gros, et plus ils en sont remplis, c'est une des lois non écrites de la mer ! Mais ceci n'est pas destiné à leur *skerry* mais à mon propre navire, ne vous inquiétez pas. Excusez-moi mais je dois filer, sinon ils repartiront sans moi et ils seront fâchés au moins jusqu'au dîner, un sort que je ne peux envisager ! À très bientôt, vous me raconterez les progrès de votre enquête... car vous ne me ferez pas croire que vous êtes ici pour le plaisir, n'est-ce pas ?

Son sourire se fit ironique et il s'éclipsa.

CHAPITRE 5

Tout semblait normal à la réception et dans le hall, mais un imperceptible coup de menton du réceptionniste signala à Hercule Poirot d'avoir à se diriger vers les bureaux. Il fut introduit immédiatement dans celui du directeur, où se trouvaient déjà le comte et la comtesse Audden. Le comte salua d'un signe de tête sans se départir de son air froid, mais se montra particulièrement attentif à la présentation du détective que lui fit le directeur, qui fit grand cas de ses talents. Puis ce dernier conta en deux mots au détective comment ses interlocuteurs, de retour d'une visite chez des amis, avaient trouvé la boîte à bijoux de la comtesse ouverte, vide bien évidemment. Hercule Poirot demanda, et obtint sur-le-champ, l'autorisation d'examiner la suite occupée par les Suédois. Il s'arrêta à la réception en passant pour demander un compte-rendu des allées et venues de toute la clientèle pendant l'après-midi, avant de rejoindre discrètement les victimes et le directeur. Il procéda rapidement à l'investigation de l'appartement et de ses abords, regarda par les fenêtres, promit des résultats rapides, et alla flâner dans les jardins dont il admira la tenue et parla bouturage avec le jardinier. Puis, tirant sa montre, il redescendit à la plage, se promena jusqu'au port avant de revenir à l'hôtel. Quelques propos surpris sur le quai lui laissèrent penser que le matelot noiraud de Corto Maltese était descendu à terre dans la journée, sans pouvoir en déterminer le moment exact. Puis il se rendit à la salle à manger, salua courtoisement le vieux Geoffrey et commanda au jeune Titouan un rapport pour le lendemain matin concernant les chaussures des clients avant qu'elles n'aient été cirées par les préposés de l'établissement, et notamment si certaines étaient terreuses, et lesquelles dans ce cas.

Le lendemain matin au petit-déjeuner, Titouan rendit compte qu'aucune paire de chaussures n'avait fait l'objet de remarques particulières de la part des cireurs de l'hôtel : si beaucoup étaient poussiéreuses ou remplies de sable comme il sied à des chaussures de tennis ou de plage, aucune ne présentait de traces de terre, sèche ou mouillée. Par ailleurs, il lui signala que personne n'avait vu Corto Maltese depuis la veille.

Quittant sa table, le détective heurta si maladroitement Marcel Proust qui faisait de même que de mauvaises langues auraient pu jurer qu'il l'avait fait exprès. Il se répandit en excuses marquées, accompagnées de compliments quant à sa bonne mine et à son œuvre qu'il – Hercule Poirot – dit apprécier fort. L'écrivain, un rien agacé au début, se rengorgea vite et manifesta un intérêt sincère pour les activités de son protagoniste, ne faisant pas mystère de la fascination qu'exerçait sur son imaginaire la lutte contre les activités interlopes. Tous deux partirent ensemble en promenade et rejoignirent sur la plage le peintre qui avait repris son travail interrompu la veille et s'avéra fort peu aimable envers le détective que lui présentait l'écrivain.

Hercule ne s'attarda pas, rapidement insupporté par le comportement hautain du peintre à leur égard et attristé par les regards langoureux de Marcel Proust envers un jeune homme d'aspect somme toute banal et sans talent véritable. Il reprit sa promenade vers le port où il arriva pour voir un inconnu mince, aux cheveux longs et la barbe noire, vêtu d'une veste et d'un pantalon de toile mastic, embarquer à bord du bateau de Corto Maltese, chargé d'un sac en toile volumineux mais qui pourtant ne semblait pas peser bien lourd. L'homme fut interpellé dans une langue inconnue par les jumeaux à qui il répondit sèchement.

— Bonjour les enfants, dit Hercule. Accepteriez-vous de satisfaire ma curiosité en me disant dans quelle langue vous parliez avec ce marin ?

— En russe, répondirent-ils en même temps, et ils éclatèrent de rire.

— On lui demandait où était…, ajouta l'un.

— … Corto, mais évidemment il dit ne rien savoir…, enchaîna l'autre sans marquer d'interruption, comme si un seul esprit s'exprimait à travers eux.

— … comme toujours, quoi! reprit le premier. Vous ne savez pas où il est, vous? Il nous a dit qu'il nous emmènerait visiter Cordouan…

— … dont le gardien est un de ses amis.

— Vous êtes combien pour parler toujours comme ça à deux voix? demanda Hercule Poirot, décontenancé.

— Un seul, s'écrièrent-ils tous deux en chœur, et ils éclatèrent de rire de nouveau.

— C'est plus fort que nous…

— … c'est amusant de voir les gens complètement déconcertés…

— … comme vous en ce moment!

— Merci de vous payer ma tête, sourit le détective, amusé par leur vivacité, mais pour vous répondre, non, je ne sais pas où est ce M. Maltese. Il ne semblait pas être descendu de sa chambre quand je suis sorti.

— Sorti de sa chambre ? Mais il ne loge pas à l'hôtel ! Il vient seulement y manger de temps en temps, sinon il vit sur son bateau avec Ras !

— Ah bon ? s'exclama Hercule, surpris. J'étais persuadé qu'il avait une chambre… Qui est ce Ras dont vous parlez ?

— Le capitaine Raspoutine…, répondit l'un en désignant le bateau de Corto d'un coup de tête.

— … mais Corto l'appelle Ras en privé.

Hercule Poirot chercha l'homme de l'œil et eut froid dans le dos car celui-ci le fixait droit dans les yeux depuis le pont, tout en manipulant fort ostensiblement un énorme revolver.

— Ne vous inquiétez pas trop, fit l'un des jumeaux, il fait toujours ça mais Corto dit qu'il n'est pas si méchant que cela, il suffit de savoir le prendre.

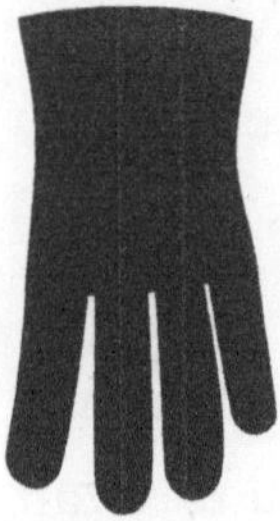

— Enfin, c'est pas moi qui irai vérifier ! s'exclama l'autre.

— Moi non plus, fit Hercule. Merci les enfants, faites attention si vous partez en mer, je ne sais pas comment vous faites pour ne pas vous embrouiller dans toutes ces ficelles…

— Oh ça, c'est facile, venez, on vous montre !

— Vous êtes gentils mais je dois rentrer à l'hôtel. À bientôt !

Il s'éloignait quand un coup de corne de brume puissant le fit se retourner : la malle de Bordeaux battait en arrière à grand renfort d'écume et de vociférations de ses marins, et semblait avoir abordé le petit *skerry* qui avait sans doute viré sous son nez et s'éloignait à toute allure, les jumeaux hilares semblant très heureux de la farce qu'ils avaient joué au vapeur. Hercule Poirot reprit sa route en secouant la tête avec un demi-sourire : heureux temps que celui de l'enfance !

CHAPITRE 6

Le lendemain matin, les compagnons du prince Mourousi menaient comme à leur habitude grand tapage dans la salle à manger, sous le regard impassible et glacial du comte Audden et celui, agacé, de Mlle Hériot. Titouan, imperturbable, essayait d'échapper aux mains volontiers baladeuses du prince dès que le vieux Geoffrey avait le dos tourné. Hercule Poirot se demanda comment une telle troupe pouvait se trouver en ce lieu sans être sous la surveillance des limiers de la police. En quittant la salle, il croisa les jumeaux qui sortaient dans leur tenue de bateau habituelle. Ils le saluèrent en anglais, puis dans une langue incompréhensible pour le détective, puis dans une autre, et finirent en français, le tout en riant. Hercule Poirot leur cloua le bec en leur répondant en flamand. Il profita de l'avantage fort temporaire ainsi obtenu pour leur demander s'ils avaient compris les propos des comparses du prince.

— Oh oui, c'est facile ! Ils s'engueulaient en russe !

— Ils s'engueulaient ? Vraiment ? Et vous avez compris à quel propos ?

— C'était pas clair, ils parlaient de trésor ou de pierres précieuses si j'ai bien compris…

— … et de ce qu'ils allaient en tirer ou en faire dès que le prince lâcherait le morceau…

— … mais on ne sait pas de quel morceau ils parlaient !

— Des pierres précieuses, vraiment ? Vous êtes certains ? demanda

Poirot avant de se reprendre devant l'air scandalisé des jumeaux :

— C'est entendu, vous êtes certains ! Merci infiniment les enfants, et si je puis vous demander ce petit service, laissez traîner vos oreilles et essayez de savoir de quelles pierres il s'agit. Je suis curieux de la vie de cet hôtel, voyez-vous.

— Oh ! Ne nous prenez pas pour des imbéciles, on sait très bien qui vous êtes et pourquoi vous êtes là…

— … et Papy nous a déjà dit qu'on devait répondre à vos questions et vous dire ce qu'on voit ou entend quand ça arrive !

— Vous remercierez votre grand-père mais ne vous emballez pas et ne gâchez pas vos vacances pour moi ! Et faites attention quand même à ce que personne ne vous fasse de mal ni ne vous soupçonne ! Passer inaperçu est la règle d'or du renseignement policier, voyez-vous.

— Pas comme vous quoi !

Et ils s'enfuirent en riant vers le port, laissant le détective belge outré de leur culot !

*

***

Hercule Poirot était avachi dans l'un des fauteuils de cuir profonds du bar du *Golf-Hôtel*, plongé dans le journal local tout en observant l'air de rien les allées et venues dans le hall, quand son attention fut attirée par son ami François Trichet qui venait de faire son apparition. Le regard de celui-ci fit le tour de la salle et s'arrêta sur lui. L'homme avança jusqu'à la table en souriant.

— Bonjour cher ami, puis-je m'imposer ? demanda-t-il.

— Évidemment non, cher ami, mais comme je ne pourrais pas vous en empêcher, asseyez-vous quand même, répondit Hercule d'un ton faussement bougon, trop heureux de pouvoir profiter à nouveau d'une telle mine de renseignements ambulante.

L'homme s'assit et un expresso lui fut instantanément amené sans même qu'il eût à le demander.

— Eh bien, quelque nouvelle enquête en cours ? demanda-t-il tout de go.

— Mon bon ami, vous ne pouvez savoir l'ennui de la vie d'un détective mandaté par une compagnie d'assurances ! On ne me sollicite que pour les petits larcins sans importance, les gros gibiers sont pour la police, et moi je dois me contenter du menu fretin…

— Allons, allons, vous ne réussirez pas à me faire pleurer ! Que se passe-t-il donc de si secret ou si occulte à Royan que je ne sois pas déjà au courant ? C'est presque vexant, savez-vous ?

Hercule Poirot sourit à cette réflexion, bien décidé à ne rien lâcher comme information.

— Écoutez, mon cher... Rien de bien dramatique en vérité. Je n'irai pas jusqu'à dire que ce sont des vacances parce que vous ne me croiriez pas mais... voyons... donnant-donnant si vous voulez bien ? Vous répondez à mes questions quand j'en ai, sans trop en poser de votre côté, et je vous inviterai pour le dernier acte quand ce sera fini, comme cela vous saurez tout, cela vous convient-il ?

— Évidemment non, mais je suppose que je n'ai pas trop le choix ! De toute façon vous n'avez rien à craindre, je ne suis pas journaliste mais chroniqueur des choses passées et je n'ai pas d'ouvrage prévu avant l'été prochain, tout cela sera donc oublié d'ici là ! Vous n'avez pas à appréhender une révélation publique de ma part, je vous assure.

— Mon cher, ne m'assurez de rien s'il vous plaît ! Je suis bien placé pour savoir que les assurances coûtent cher avant un sinistre, ne servent à rien au moment où il se produit, et essaient de se défausser après ! C'est mon métier quand même !

Les deux compères pouffèrent avant de boire leurs consommations respectives.

— Voyons, reprit Poirot, procédons par ordre. Que se passe-t-il donc sur cette plage de la Grande-Côte dont on m'a parlé ?

— Mais rien, mon cher, pour ce que j'en sais. Rien de plus que ce qui se passe sur n'importe quelle plage ! Celle-ci est fréquentée par des *baignassous* comme on dit ici, des familles venues des villes froides et grises du Nord. Certains vont de l'autre côté de la plage, vers la forêt, à l'opposé par rapport à la ville, endroit où ils se mettent tout nu de jour comme de nuit et prétendent ainsi être plus proches de la nature, comme les indigènes des mers du Sud. Ils prétendent que le soleil est recommandé par la médecine et veulent en profiter au maximum. Naturellement ils n'ont aucune autorisation, mais ce bout de plage est fort opportunément situé en limite des communes des Mathes, de Saint-Augustin et de Saint-Palais, et comme nul ne sait exactement où se terminent les unes et où commencent les autres et qu'elles ne dépendent pas des mêmes brigades de gendarmerie, lesquelles ont d'autres chats à fouetter, toute action est plus longue à intervenir. Et puis ce n'est que de la forêt, par là-bas, le chemin qui y mène n'est même pas empierré. Ils restent entre eux et ne se mêlent pas aux autres estivants, et sont particulièrement attentifs à ne pas mettre le feu à la forêt, ce qui serait une catastrophe. Et je dois reconnaître qu'ils semblent prendre toutes les précautions nécessaires à leur tranquillité, et comme ils s'habillent comme tout le monde quand ils vont faire leurs commissions au marché de Saint-Palais ou des Mathes, personne ne peut vraiment réprimer leur conduite. Après tout, leur tenue quand ils sont entre eux, ça les regarde !

— La police et la gendarmerie ne font rien, dites-vous ?

— Ces gens ne font rien de vraiment répréhensible, ils restent sur des propriétés privées, qu'ils louent ou qu'on leur prête, je ne sais. Jamais aucun débordement sur la voie publique en dehors de la plage, et jamais aucun prosélytisme illicite ou ostentatoire ailleurs… J'ai peur que nos braves pandores ne sachent trop comment sévir, à supposer même qu'il y ait un texte qui le permette, ce dont je ne suis pas persuadé !

— Soit. Et ce capitaine Corto Maltese dont l'escale ne s'explique pas trop va y traîner souvent ? Il a plutôt l'air très distingué quand il vient ici, malgré son jeune âge…

— Lui, c'est différent. Il a beaucoup fréquenté les mers du Sud, paraît-il, et donc la nudité ne doit pas trop l'effrayer, mais je ne sais s'il la pratique lui-même ou non, car moi, je ne fréquente pas ce lieu. En revanche, d'après mes sources – mais qui sont sûres, je vous prie de le croire, se rengorgea François Trichet avec un sourire entendu –, il paraît qu'il attendrait ici je ne sais trop quelle cargaison qui semble avoir du retard. Quelle est-elle, je ne sais pas. Sans doute doit-elle être petite car les capacités d'emport de son bateau ne permettent pas d'embarquer un gros volume, si vous voulez mon avis. C'est plutôt un bateau de pêche ou quelque chose comme cela qu'un véritable navire de charge, mais je vous avouerai ne pas connaître grand-chose aux navires ni à la marine.

— Oui, une petite cargaison en volume mais pas forcément en valeur…, marmonna Hercule. Et son matelot, que sait-on de lui ?

— Qu'il ne descend jamais à terre, sauf parfois pour aller acheter à manger ou accomplir quelque tâche pour son bateau.

— Il se promène toujours avec son gros revolver ?

— Pas quand il descend à terre. Sur son navire qui bat pavillon de je ne sais trop quel pays, c'est la loi de ce pays qui s'applique, pas la loi française, et donc les autorités ne peuvent pas l'empêcher de l'avoir à portée de main si ça lui chante quand il est à bord. Mais je suis prêt à parier qu'il sait s'en servir et n'aurait pas beaucoup de scrupules à le faire si besoin était, quoi qu'en disent nos textes qu'il doit d'ailleurs ignorer.

— Hum hum…

Hercule Poirot dégusta son thé et se resservit, puis demanda brusquement :

— Savez-vous s'il y a des receleurs par ici ?

La brutalité du changement de sujet stupéfia son interlocuteur.

— Des receleurs ? Mon Dieu, je n'en sais rien ! Pas que je sache ! C'est le genre de question qu'il faudrait poser au commissaire Marjeau, lui doit être plus au courant, c'est son métier ! Vous le connaissez ?

— Je connais très bien Pierre-Alain mais je le pensais en retraite !

— Pensez-vous ! Il a atteint l'âge mais il a refusé ! Il veut finir en beauté sur une belle enquête et une belle arrestation ! Vous devriez l'inviter à partager la vôtre, cher ami !

— Vous savez bien que c'est impossible, vous connaissez ma position. Mais je vous autorise à lui poser la question en mon nom, et je le tiendrai informé puisque j'aurai besoin de lui au dernier acte, et vous pouvez l'en assurer aussi.

François Trichet poussa un profond soupir, consulta sa montre et se leva pour prendre congé.

— Vous pensez que ce Corto Maltese est sur un coup à Royan ou dans les environs ? demanda- t-il.

— Mon cher ami, mes petites cellules grises refusent de prétendre quoi que ce soit tant qu'elles n'ont pas de preuve. Je collecte des informations qui me permettent de formuler des hypothèses logiques que je vérifie ensuite, voilà tout. De l'ordre et de la méthode, il n'y a pas d'autre moyen !

— Il y a donc eu des vols, si vous êtes ici. Dans l'hôtel, je suppose... Il est vrai qu'il y a beaucoup de grandes fortunes en ce moment… Rassurez-vous cher ami, je serai aussi silencieux qu'un tombeau ! Mais je vais peut-être venir plus souvent, tout cela est passionnant !

— Ne vous passionnez pas trop vite et gardez la tête froide. Souvent le côté passionnant se révèle sordide, ne lâchez pas la bride à vos fantasmes littéraires ! Et puis, j'ai suffisamment de suspects comme ça, inutile que je vous rajoute sur la liste, rajouta Hercule avec un sourire en coin qui lui valut un coup d'œil faussement révolté de son interlocuteur.

— Comment ça, suspect, moi ? Jamais on ne m'a traité de suspect ! Du moins pas depuis l'école primaire…

— Ah, vous voyez, vous avouez déjà un forfait ! Et donc, à qui étaient ces billes dont vous venez de reconnaître le vol, hein ? Allez, lâchez le morceau !

François Trichet pouffa puis prit congé, et Hercule partit à son tour en promenade.

CHAPITRE 7

Hercule Poirot dégustait posément son thé dans le bureau du directeur sous le regard alarmé de celui-ci.

— Vous n'avez donc rien découvert ? penaud.

— Mon cher ami, pour le moment et comme je le disais à François Trichet hier soir, je collecte des informations. Il m'en vient de toutes parts et certaines sont bien surprenantes. Quand j'en aurai suffisamment pour formuler des hypothèses, je les vérifierai. Mais de l'ordre et de la méthode, s'il vous plaît, sinon nous ne ferons rien d'autre que perdre du temps et laisser l'oiseau s'envoler. Cela seul nous permettra d'identifier et d'appréhender le coupable, je vous en fais le serment. Ai-je jamais échoué ? Non, vous le savez fort bien. Certaines de ces informations sont d'ailleurs dans ce bureau : dites-moi ce que vous savez de la situation financière de certains de vos clients, s'il vous plaît. Je suis trop bien placé pour savoir qu'il ne faut pas trop se fier au train de vie apparent des gens qui fréquentent ce genre de palace sous peine d'être parfois surpris ! Leur caractéristique principale est de savoir paraître, et parfois de savoir rebondir.

— Mon Dieu, vous n'allez quand même pas suspecter nos clients ? Vous savez très bien que nous n'acceptons que des personnes dont la qualité est avérée, ou qui nous sont chaudement recommandées par des personnages au-dessus de tout soupçon !

— Répondez-moi s'il vous plaît, nous gagnerons du temps. Honneur aux dames : Mlle Hériot ?

— Vous plaisantez ou quoi ? L'une des plus grosses fortunes de Paris et même de France, héritière des *Grands Magasins du Louvre* et d'une tripotée d'autres commerces ! Leur fortune se compte en millions de francs-or, mon ami !

— Les plus fortunés peuvent parfois avoir des lubies ou faire des erreurs. Comment se fait-il qu'elle soit toute seule sans quelqu'un pour la chaperonner ?

— Mon cher ami, vous parlez en cet instant au chaperon ! Leur navire était en route pour Kiel afin de rejoindre le Kaiser, rien que cela, quand il a eu une panne de je ne sais quoi et a dû faire escale ici. Mme Hériot mère est rentrée à Paris pour affaires et m'a laissé sa fille sur les bras ! Je passe la moitié de mon temps à essayer de trouver des partenaires de tennis ou de table acceptables pour elle, et l'autre moitié à faire barrage contre ceux qui voudraient l'être mais ne le sont pas ! Ne croyez pas que je m'ennuie dans mon bureau un seul instant !

— Je ne crois rien, mon cher, je ne crois rien ! Mais on peut être riche à millions et avoir de mauvaises passes. Je la voyais plutôt sur la liste des victimes potentielles que sur celle des suspects, si cela peut vous rassurer.

— Vous pensez qu'il y aura encore des vols ?

— Même mes petites cellules grises sont incapables de répondre à cette question ! Elles se préparent cependant à toutes éventualités. Et j'avoue que je suis preneur d'indices supplémentaires pour le moment. Le comte Audden ?

— Solide comme le trône de Suède dont il est l'un des fondements, si je puis dire! Vieille famille aristocrate qui doit remonter aux Chevaliers Porte-Glaive, conseiller de Sa Majesté Gustave V, élu au Riksdag, le parlement de Stockholm, depuis je ne sais combien d'années, propriétaire d'usines et de la moitié de la Laponie suédoise… Et vous avez fait connaissance avec sa descendance qui apporte un peu de fraîcheur et de tonus juvénile dans cet établissement qui en manque souvent! Je souhaite bien du plaisir à ceux qui voudront s'opposer à eux ou les canaliser!

— Oui, je suis au courant, ils se sont déjà payé ma tête deux ou trois fois, sourit le détective.

— Vous aussi? Heureusement, ils le font sans méchanceté et ont le cœur sur la main. Mais ils débordent d'énergie! Fort heureusement ils semblent s'être liés d'amitié avec le capitaine Maltese, il arrive à les occuper, semble-t-il.

— En parlant de lui, comment se fait-il qu'il vienne traîner ici alors qu'il n'est pas descendu à l'hôtel, ai-je cru comprendre ?

— Il a été invité à déjeuner un jour par Melle Hériot qui l'avait rencontré sur le quai. Je ne peux pas décemment lui refuser l'entrée du restaurant après ce précédent. Par ailleurs, j'ai fait quelques vérifications : il m'a été très chaudement recommandé par le colonel Léonce Vieljeux en personne, l'une des étoiles montantes de la compagnie maritime Delmas de La Rochelle, qui est l'une des plus importantes de France comme vous ne savez peut-être pas ; et il a en plus une lettre d'introduction autographe de M. Théodore Roosevelt, président des États-Unis, qui est ami d'un de ses amis si j'ai bien compris. Il était très réticent au premier abord à me montrer cette lettre, car il prétend ne pas avoir besoin de passe-droits, mais j'ai réussi à la faire examiner, et le préfet lui-même a authentifié le sceau officiel de la présidence des États-Unis ! Il n'en revenait d'ailleurs pas ! Nous sommes dans les hautes sphères de la politique internationale, mon ami, que croyez-vous ? Vous comprenez maintenant pourquoi je ne pouvais tout simplement pas faire appel à la police ?

— Je vois… Enfin non, je ne vois pas : excusez-moi, mais capitaine à 21 ans, ça me paraît tout bonnement hallucinant !

— Mon cher, cet établissement reçoit couramment à manger des capitaines de grands voiliers de commerce qui font escale en attendant la marée pour remonter le fleuve jusqu'à Bordeaux. Je vous parle de trois et de quatre-mâts de plusieurs centaines ou milliers de tonneaux qui vont jusqu'au cap Horn, en Australie ou en Amérique du Sud, pas de petits navires de cabotage ! Eh bien, sachez que leurs capitaines ont tous entre 25 et 35 ans, parfois moins, mais jamais plus de 40 !

— Soit, si vous le dites. Mais qu'est-ce qu'un gamin, même capitaine, peut avoir à faire avec le président des États-Unis ?

— Je vous laisse libre de le lui demander si vous en avez un jour l'occasion, mais sans doute n'est-ce rien de plus qu'un jeu de circonstances, mon bon. Pour une fois où il semblerait qu'un homme politique s'intéresse authentiquement à la culture et aux choses de la mer, n'allons pas nous en plaindre, même si c'est un Américain ! Les hommes politiques français, eux, en sont incapables ! Le capitaine Maltese est ami de l'écrivain Jack London et…

— Oui, oui, c'est ce qu'on m'a dit. Mais qui est ce Jack London ? J'ai eu d'autres chats à fouetter que l'actualité littéraire américaine ces derniers temps, je vous avouerai...

— Comment ? Vous n'en avez jamais entendu parler ?

— De nom si, mais la littérature et moi, vous savez... Je n'ai pas poussé plus loin !

— Mais c'est le plus grand écrivain américain vivant, mon bon, tout simplement ! Celui qui sort deux ou trois titres par an qui se vendent plus vite que des petits pains ! Un authentique Américain, parti de rien, et qui a construit sa fortune à la force du poignet, même si c'est juste pour manipuler un stylo !

— Et Corto Maltese est son ami ?

— Sans doute, oui. Jack London voulait faire un tour du monde en bateau[1] et lui avait demandé d'embarquer, mais Maltese devait finir son cours d'officier. Malheureusement London a dû arrêter sa croisière pour raison de santé et revendre son bateau après la traversée du Pacifique. Maltese m'a dit avoir été désespéré de n'avoir pu ni embarquer au départ, ni racheter le navire ensuite, mais il avait fini ses cours et s'est arrangé pour être embarqué sur le cargo qui les ramenait d'Australie, voilà tout !

— Et son porte-flingue ?

— Inconnu au bataillon en ce qui me concerne. Il n'a jamais mis les pieds ici, et il ferait beau voir qu'il y vienne ! Je n'en connais que les ouï-dire qui me parviennent, mais je vous avoue que je n'accorde à ce genre de ragots qu'une oreille distraite…

1. Voir *Journal de bord du* Snark, par Charmian London, éditions Arthaud. (note de l'auteur).

— Soit. Et le prince russe, là, avec sa bande de braillards, j'ai oublié son nom ?

— Le prince Mourousi ? Mon cher, nous retombons dans la politique ! Le prince n'est pas russe contrairement à ce qui se dit : c'est l'héritier du trône de Moldavie, rien de moins ! Vous savez que l'Empire ottoman est pourri de l'intérieur et, après l'indépendance de la Grèce, il va finir par s'effondrer un de ces jours : toute la région des Balkans et le Levant risquent alors d'exploser. Espérons que ça ne dégénérera pas à l'échelle du continent européen, c'en serait fini de nous ! Toujours est-il que la France soigne le prince et le garde comme une carte en réserve, au cas où il remonterait sur le trône un jour si le sort en décide ainsi dans son pays ! J'ai eu à ce sujet des « recommandations » polies et amicales du gouvernement qui ressemblaient fort en réalité à des instructions tout ce qu'il y a de plus fermes ! Pourquoi croyez-vous que le préfet soit ici si souvent ? Et je me demande si le comte Audden est là seulement par hasard, lui aussi, voyez-vous, alors que son roi fréquente plutôt la Côte d'Azur.

— Ah ! fit Poirot avec une moue. La Moldavie maintenant… évidemment c'est autre chose que la Belgique ! Quel intérêt pour la France ?

— Mon cher, pour une grande nation comme la nôtre, il est toujours bon d'avoir un pied dans une région comme le Proche-Orient, surtout si on peut le faire sans laisser croire au voisin russe qu'on pourrait empiéter sur ce qu'il pense être sa chasse gardée ! Et puis, le sous-sol du pays présente quelques richesses, voyez-vous…

— Du genre ?

— Du pétrole, mon bon ! La Moldavie, c'est un immense champ de pétrole recouvert par les alluvions du

Danube, à quelques mètres sous la surface ! Pour nous autres Européens continentaux, c'est une aubaine formidable ! Pas besoin de courir à l'autre bout du monde, pas besoin de suprématie maritime, quelques pipe-lines et le tour est joué !

— Je vois. Donc pas touche au prince, même si quelqu'un est malintentionné dans sa bande… Ou dois-je dire sa cour ?

— Disons qu'il faudrait faire preuve de discernement et de diplomatie, mais ne me dites pas que vous les soupçonnez ?

— Monsieur le directeur, je soupçonne tout le monde ! Même Marcel Proust dont vous ne m'avez encore rien dit…

— Oh, lui, c'est différent. Sa grand-mère et ma propre mère sont amies d'enfance, je l'ai personnellement connu enfant, et quand j'ai su qu'il lui fallait faire une convalescence au grand air, je me suis empressé de proposer celui de notre bonne Saintonge maritime qu'il a eu le bon goût d'accepter pour quelques semaines.

— Entendu. Et ce jeune barbouilleur dont il semble s'être amouraché s'ils étaient de sexes différents ?

— Ah, mon bon ami, s'ils étaient de sexes différents, Marcel n'en serait sans doute pas amouraché, comme vous dites ! Cette histoire me désole car vous serez sans doute d'accord avec moi : ce petit morveux est d'une vulgarité sans nom et n'a aucun talent ! Il fait des croûtes, pas des tableaux ! Mais que voulez-vous, il a débarqué ici avec une lettre de change assez coquette sur une banque de Munich qui a été honorée sur-le-champ et une lettre de recommandation signée Maximilien de Saxe, fils du roi du même pays et par ailleurs professeur à l'université de Fribourg: comment voulez-vous que je ne l'acceptasse point? Oui, il est nul et il peint des croûtes, et en plus il se prend pour Dieu le père! Il voulait nous payer son séjour en tableaux, figurez-vous! Quel toupet!

— Vous pensez qu'il aura assez d'argent pour finir de régler sa note?

— Je vous l'ai dit: sa lettre de change pour les premières semaines a été réglée rubis sur l'ongle, comment voulez-vous que je m'en débarrasse?

— Il vous doit de l'argent maintenant?

— Aucune idée, peut-être quelques centaines de francs ou un millier au pire... Ce n'est pas ça qui nous mettra sur la paille si c'est cela que vous craignez!

— Je ne crains rien, mon ami, je vous l'ai dit: je collecte des informations que mes petites cellules grises mettent en ordre pour parvenir à établir la vérité, c'est tout. Et je vous remercie de cet entretien qui a été fort intéressant et instructif !

CHAPITRE 8

Hercule Poirot, assis dans un coin du bar, fit un signe discret à Titouan.

— Comment peut-on aller à la Grande-Côte d'ici ? demanda-t-il au jeune garçon.

— À la Grande-Côte ? Il faut prendre le tram et puis marcher, ou alors prendre un vélo… Je vous prête le mien si vous voulez, monsieur Poirot !

— Jeune homme, soyez sérieux ! Vous me voyez sur un vélo ?

Titouan étouffa un sourire.

— Désirez-vous que je vous appelle une auto plutôt ?

— S'il vous plaît. Et prévenez qu'il faudra revenir me rechercher plus tard dans la soirée.

— Bien monsieur. Dois-je demander au garçon d'étage de prendre des serviettes de bain ou un peignoir dans votre chambre ? Je suppose qu'un maillot vous sera inutile là-bas…

— Titouan, vous aggravez votre cas ! Une voiture et au trot, jeune insolent !

Son air faussement outré contredisait ses menaces et le jeune homme ne s'y trompa pas, qui alla vers la réception en lui retournant un grand sourire ravi.

Fatigué par le trajet brinquebalant sur les pavés disjoints de la route depuis la conche de Pontaillac, Hercule Poirot descendit devant le chantier d'agrandissement de la petite chapelle de Notre-Dame du Platin, puis continua sur la falaise qui surplombait l'estuaire, canne à la main et canotier au vent. En face de lui se dressait le phare de Cordouan, gardien tutélaire de l'estuaire, silhouette d'ombre dans la brume de chaleur. Il continua d'un pas tranquille jusqu'à l'endroit où le rocher s'affaisse jusqu'à disparaître sous le sable de la grande plage qui décrit un long croissant vers l'ouest avant de rejoindre les marais de Bonne-Anse. Des enfants couraient sous l'œil vigilant de leurs mères en long maillot de laine assises à l'ombre de parasols, des hommes discutaient, pantalons roulés aux mollets, à moitié allongés ou debout, de l'eau jusqu'aux chevilles. Quelques têtes de baigneurs dépassaient de l'eau, un peu plus au large. Tout ce monde était habillé et Hercule Poirot se demanda si François Trichet et Titouan ne s'étaient tout bonnement pas payés sa tête ! La foule se clairsemait en s'éloignant de la falaise cependant, jusqu'à n'être que quelques silhouettes, perdues bien loin au bout de l'étendue de sable. Il décida de pousser jusque-là. Sa progression était pénible dans le sable mou, mais il ne voulait pas abîmer ses souliers de cuir en marchant sur la partie mouillée découverte par la marée. Après s'être tordu plusieurs fois les chevilles, il se résolut cependant à les enlever et à rouler lui aussi le bas de son pantalon d'alpaga, conscient du ridicule de son accoutrement avec sa chemise, sa cravate, son gilet barré de la chaîne de montre, son veston et son chapeau melon, plus appropriés à la City de Londres, à la rue de Rivoli, ou à la limite au parc de Royan, qu'à une promenade sur une plage écrasée par un soleil qui le faisait ruisseler de sueur. Il essuya son visage et son cou et soupira en se demandant ce qu'il était venu faire là.

Pieds nus, sa progression sur l'estran fut beaucoup plus rapide et agréable. Il se demanda même un instant s'il ne devrait pas profiter de son séjour pour se mettre lui aussi aux bains de mer. Sans aller jusqu'à apprendre à nager bien sûr, mais après tout, ces hommes qui pataugeaient en bavardant n'avaient pas l'air de plus mal s'en porter. Passant à proximité de voix, il entendait des échanges qui auraient pu être tenus sans rougir dans n'importe quel autre lieu plus policé. Peut-être tous ces gens n'étaient-ils pas si futiles qu'il l'avait cru jusqu'alors ? Il continua d'avancer sans plus se soucier de son apparence.

Le milieu de la plage était pratiquement désert, mais les silhouettes aperçues de loin se précisaient. Et comme annoncé, il vit en approchant que ces gens-là étaient nus ! Des hommes qui devisaient aussi tranquillement que ceux croisés précédemment, des femmes occupées elles aussi à quelques travaux féminins, papotant sans cesser de surveiller des enfants aussi peu habillés que leurs parents ou grands-parents, qui faisaient des pâtés de sable ou couraient les uns après les autres ou après un ballon, des jeunes gens dans l'eau jusqu'à la taille qui aspergeaient d'eau en riant des filles qui criaient, et même des gens âgés, un livre en main ou bavardant entre eux. Les activités étaient exactement identiques à celles de l'autre partie de la plage, les vêtements en moins. Il en fut si choqué qu'il s'arrêta net, stupéfait de voir tous ces corps, pudeur oubliée ou mise ailleurs, plus ou moins dorés de soleil et visiblement éclatants de santé.

Un petit ricanement sec le fit se retourner : Corto Maltese se dressait derrière lui, nu comme un ver et ruisselant, dans toute la beauté éclatante et bronzée de sa jeunesse, et sans chercher en aucune façon à cacher quelque partie de son corps que ce soit.

— Eh bien, eh bien, monsieur Poirot, vous aussi vous venez jouer les voyeurs ? Vous n'êtes hélas pas le seul, vous savez, mais ils restent en général à la lisière du bois ! C'est étonnant comme parfois les gens qu'on jurerait bien comme il faut se révèlent en fait détraqués ou pervers quand ils sont confrontés à la nudité des amateurs de vie naturelle ! Je n'aurais pas cru ça de vous et je vous avoue que c'est un constat gênant. Je préfère me dire que votre présence ici ne saurait être le fruit d'une curiosité ou d'une frustration malsaines. S'il vous plaît, dites-moi que j'ai raison ! Vous cherchez quelqu'un, peut-être ?

Hercule Poirot avait du mal à détacher son regard du corps musclé du jeune homme qui le dépassait sans peine d'une bonne tête.

— Ne pensez pas que..., commença-t-il, confus et vexé de s'être laissé surprendre, mais il se reprit : Non, je n'ai ni curiosité malsaine, comme vous dites, cher jeune homme, ni aucune frustration particulière, mais que voulez-vous, un détective, même en vacances, ne peut s'empêcher de vouloir tout voir, tout observer et tout vérifier par lui-même. Appelez cela déformation professionnelle et non pas curiosité malsaine, s'il vous plaît ! Et ceci, je vous avoue – il fit un geste vague de la main – est si… surprenant, pour un homme de ma condition !

— Allons, allons, monsieur Poirot, ouvrez votre esprit en plus d'ouvrir vos yeux ! Ce que vous appelez « condition » est purement imaginaire, simple effet d'un conditionnement culturel si vous préférez. Dans la nature, ce mot ne signifie rien. Aucune espèce animale ou végétale n'a de *condition*. Et la nudité, outre quelques avantages sur le plan sanitaire comme on finira bien par le démontrer un jour, a le mérite de ramener tout le monde à une stricte égalité sociale. Les différences vestimentaires illustrent des barrières artificielles entre les gens, elles marquent les différences de caste, comme vous le savez. Rien de tel ici. Regardez : voici des hommes et des femmes qui ont soit un métier manuel, soit un intellectuel ; ils sont ouvriers, fonctionnaires, médecins, avocats, patrons, commerçants ; certains sont croyants et d'autres pas ; certains sont riches et fortunés et d'autres n'ont rien. Mais quelle que soit leur *condition,* pour reprendre votre propos, tous ici sont égaux sous le soleil. Aucun moyen de les différencier, aucune barrière entre eux, et aucun moyen de se cacher non plus. Ici, il n'y a plus que des hommes et des femmes, tous identiques et tous différents, et constatez par vous-même : tous en pleine santé physique, mentale ou morale, même ceux qui sont mal portants ou souffrent d'une malformation, d'un handicap, ou présentent des cicatrices. Ici, aucun moyen de dissimuler sa vérité, qui on est vraiment : voilà qui devrait plaire à un homme comme vous qui a fait de la recherche de la vérité une quête quasi chevaleresque, non ? Vous devriez essayer vous aussi, vous savez se moqua-t-il en gloussant.

— C'est cela, riez ! Mais... ça ne vous dérange pas d'être nu devant tous ces gens que vous ne connaissez sans doute pas ? Votre pudeur ne vous asticote pas un peu ?

— Pas du tout ! Et d'ailleurs, eux aussi sont nus, alors la belle affaire, vraiment ! Et puis, la pudeur, monsieur Poirot, est un sentiment, ou une réflexion, appelez cela comme vous voulez, une pensée artificielle si vous préférez, qui a son siège dans le cerveau, organe qui ne se situe pas entre les cuisses à ma connaissance. Donc non, ma pudeur n'est pas offusquée par la nudité, ni la mienne ni celle des autres, parce que mon cerveau est dans mon crâne et pas dans mon pénis, et qu'il me sert à réfléchir, ce que ne fait pas l'autre organe qui a d'autres fonctions comme chez tous les mammifères ! Pardonnez cette précision vulgaire, qu'il n'est utile de rappeler que pour se mettre au niveau de ceux qui critiquent si volontiers les amateurs de nudité sans jamais avoir réfléchi plus loin ni plus haut que le bout du susdit organe ! Nous autres assumons totalement et en toute lucidité l'intégrité de notre corps, pas eux ! L'hypocrisie est à chercher chez ceux qui crient au scandale, alors que bien souvent, ce sont eux qui sont dérangés et malsains, pas chez les nudistes !

— Ne vous moquez pas de mes questions naïves, s'il vous plaît ! Elles ne sont que le fait d'un pauvre homme qui ne se les était jamais posées avant aujourd'hui. Mais belle plaidoirie, jeune homme, vous pourrez faire avocat, vous savez, quand vous vous serez lassé de jouer au marin…

— Ah ça non alors! s'écria Corto en riant. Se complaire à des pinailleries sur des textes fort savamment rendus incompréhensibles au commun des mortels et volontairement flous précisément pour qu'on puisse les interpréter de diverses façons, tout cela pour que des spécialistes ou prétendus tels s'étripent verbalement tout en étant très copains une fois sortis du prétoire, et prélèvent au passage des émoluments considérables: grand Dieu, non! Ce n'est pas comme cela que je conçois la Justice, monsieur Poirot, et vous savez aussi bien que moi que ce n'est pas là ce qu'on appelle *juste*.

— Mais qui parle de Justice, Corto? Le droit n'a pas pour but de faire régner la Justice, contrairement à ce que vous pensez. Il est là pour faire respecter la loi! Et celle-ci est à l'image des hommes qui l'ont rédigée, loin d'être parfaite, et que le fait soit intentionnel comme vous le pensez, résulte d'évolutions imprévues au départ, ou de celui d'erreurs d'appréciation ou de langage, ne change rien à l'affaire : elle est un socle commun chargé d'assurer une certaine harmonie commune, pas une prétendue *Justice* intellectuelle ou morale d'ailleurs non définie elle-même. Confondre Justice et respect de la loi est une erreur courante : la loi n'est qu'un plus petit commun dénominateur, jeune homme, et entendez bien l'adjectif « petit » au sens arithmétique ! Sinon, à quoi serviraient des hommes comme moi, je vous le demande un peu ?

— Je sais, monsieur Poirot, belle plaidoirie vous aussi ! Mais pour en revenir au sujet qui vous amène ici, je ne pense pas que vous trouverez chez les nudistes un fonds de commerce susceptible de maintenir votre train de vie, vous savez ! Il y a sans doute des gens assez riches parmi ceux que vous voyez ici, dans les mêmes proportions sans doute que dans l'ensemble de la population, et certains ont vraisemblablement besoin parfois des gens de Palais dans leur autre vie, celle qui se déroule là-bas, de l'autre côté de la plage ; mais ici, ils n'ont aucun désir ni aucune intention d'exhiber ni leur richesse ni leur pauvreté. Ici, on n'exhibe rien, on est ce que l'on est, c'est tout. Voulez-vous que je vous dise ? La première source d'inégalité, ce sont les vêtements !

— Vous êtes un révolutionnaire, ma parole !

— Oh non, monsieur Poirot, et même pas un révolté ! Vous savez, il n'y a ici que des gens normaux : ils ont une famille, des animaux de compagnie, des enfants à éduquer, parfois de vieux parents dont il faut s'occuper, un métier qui les intéresse, je l'espère pour eux, des centres d'intérêt et des passions qui sont ceux de tout un chacun, habillé ou pas. Leur seule différence, c'est qu'ils aiment pouvoir faire ça tout nu, et ce seul fait les fait considérer comme pervers par le reste de la société. Est-ce cela être révolutionnaire ? Si oui, je le suis, mais comme je vous le disais, cette perversité dont on les accable est à chercher plutôt chez leurs détracteurs. Tout cela est d'une hypocrisie à vomir ! Moi, voyez-vous, j'essaie simplement de vivre comme il me plaît en passant entre les gouttes, dans ce monde qui ne me plaît pas mais que je sais ne pas être en position de pouvoir corriger, ni même influer dessus.

— Si jeune et déjà désabusé ? Votre pessimisme me surprend autant sinon plus que votre impudique nudité, Corto !

— Désabusé ? Non, je ne pense pas être désabusé… Simplement lucide. Et suffisamment pour savoir que ce combat est comme tant d'autres : vain ou perdu d'avance, tellement il remet en cause en profondeur tout un tas de préjugés sociaux bien enfouis depuis des siècles sous un tas de croyances et de dogmes. Quant à ma pudeur, je vous le redis : j'en ai une, rassurez-vous, mais elle ne se situe pas en dessous de ma ceinture, et il faut des âmes bien tourmentées par le sexe pour la mettre là, permettez-moi de vous le redire ! J'essaie simplement de vivre à ma façon sans me mêler des affaires des autres, et sans me conformer à un jugement social autre que le mien. J'essaie de voir la réalité en face. Et en parlant de réalité, c'est bien moi que vous cherchiez, n'est-ce pas ?

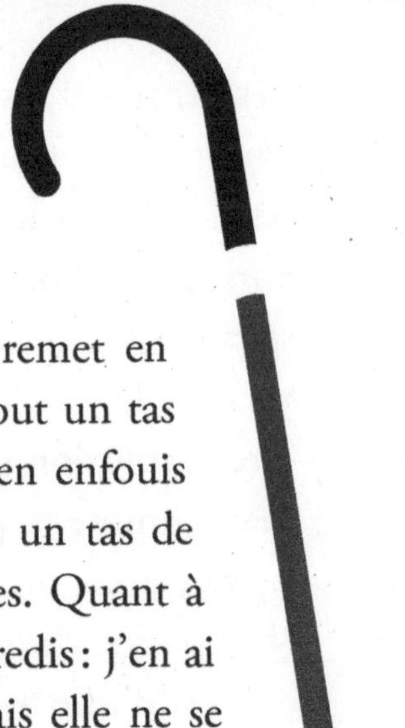

Le petit sourire et le ton léger ne suffirent pas à masquer la franchise presque brutale de la question.

— Oui et non, avoua Hercule Poirot, un rien vexé de se faire ainsi surprendre et de voir les rôles inversés. Disons que je suis surpris de voir un homme aussi jeune que vous fréquenter le *Golf-Hôtel* dont la clientèle est plutôt d'une autre génération, sans parler des moyens financiers qui ne sont en général pas ceux de la jeunesse sauf si on est un rejeton d'une grande famille comme Marcel Proust. Votre navire n'est pas un yacht comme celui de Mlle Hériot, vous n'êtes pas dans la politique comme les Audden, vous n'êtes pas non plus un aristocrate comme le prince Mourousi, et vous n'êtes pas non plus dans les affaires. Cela fait beaucoup de négations et aucune affirmation, ce qui, dans mon métier, est toujours un fait gênant. J'aimerais savoir, simple curiosité, je vous assure, vous n'êtes pas obligé de répondre et n'êtes suspect de rien, mais j'aimerais savoir comment vous gagnez votre vie et ce qui a motivé votre escale qui semble ne pas devoir prendre fin !

Corto se mit à rire.

— Eh bien, monsieur Poirot, voici bel et bien un interrogatoire malgré vos belles paroles pour noyer vos questions ! Je ne suis pas dupe, savez-vous ? Que faites-vous vous-même à Royan ? Vous aurez du mal à me faire croire que vous êtes en vacances comme vous l'avez affirmé il y a deux ou trois minutes, et vous venez d'ailleurs de le renier à l'instant même. Ne rougissez pas ! À moins que ce ne soit le soleil, peut-être ? Venez vous mettre à l'ombre et vous rafraîchir, et ne vous croyez pas obligé de vous déshabiller, les nudistes sont des gens tolérants envers les porteurs de textile !

Corto entraîna son commensal vers un couple plus âgé auquel il adressa quelques mots dans une langue qu'Hercule Poirot ne reconnut pas, et la femme lui tendit une bouteille et deux verres que le jeune homme remplit avant d'en tendre un à son invité.

— Tenez, un peu d'eau fraîche vous fera du bien.

— Ce n'est pas de refus, merci beaucoup, et merci à vos amis qui parlent une langue si étrange, fit le détective en levant son verre vers la femme qui lui sourit et détourna le regard, alors que l'homme à la mâchoire carrée restait impassible.

— J'entends votre question muette, monsieur Poirot : mes amis parlent en gaélique. Ils sont irlandais, et bien heureux de pouvoir venir camper au naturel et profiter du soleil de France, car celui-ci est plus discret dans leur pays comme vous le savez.

— Des Irlandais, voyez-vous cela ! Mais vous parlez le gaélique vous aussi ?

— Pas vraiment, mais cela ressemble au cornique et on parvient à se comprendre pour les choses simples comme demander un verre d'eau.

— Le cornique ?

— La langue des Cornouailles, monsieur Poirot, la pointe sud-ouest de la Grande-Bretagne où est situé Tintagel, dont vous savez déjà que je suis originaire.

— J'ignorais qu'il y eût une langue particulière. Mais comment se fait-il que vous les ayez rencontrés ? C'est quand même extraordinaire, il ne doit pas y avoir beaucoup d'Irlandais dans les environs !

— Le hasard, monsieur Poirot, le hasard ! Ou peut-être préférez-vous appeler ça une coïncidence ? Je les ai entendus au marché le jour de mon arrivée, nous avons discuté et sympathisé, nous nous sommes découvert des intérêts communs, dont l'amour de la nudité, comme vous le voyez. Ils m'ont fait découvrir ce bout de plage et de forêt, et voilà tout... Ne voyez pas malice en toute chose!

— Ah, Corto! Corto! Vous êtes jeune! Si vous saviez parfois...

— Je ne veux pas savoir, monsieur Poirot. Maintenant dites-moi ce qui se passe et je vous dirai ce qui me concerne, et si je peux vous aider, ce sera avec plaisir... ou pas, c'est selon ce que vous allez me dire... ou pas!

Le jeune homme se mit à rire sans bruit.

— Vous trouvez ça drôle?

— Beaucoup, j'avoue! Mais c'est la seule chose que j'avouerai, je vous préviens!

— Écoutez, dans mon métier, l'habitude n'est pas d'exposer l'avancée de nos enquêtes, même à des jeunes gens aussi pittoresques que vous, qu'ils soient nus ou habillés ! Laissez-moi vous suspecter comme les autres !

— Ah, vous voyez, vous avouez mener une enquête puisque vous me suspectez ! Vous n'êtes donc pas ici pour le plaisir malgré ce que vous en dites !

— Très drôle. Mais si cela est un premier aveu, vous m'en devez un vous aussi ! Soyons fair-play : donnant-donnant ; quelle est la raison de votre escale, commandant Maltese ?

— Fair-play, c'est bien le mot français pour dire *se faire avoir*, non ? C'est très simple, monsieur Poirot : je n'ai pas de cartes marines des côtes d'Europe, or on ne peut naviguer en mer sans cartes locales, c'est aussi simple que cela. Je les ai commandées à la Marine française, mais elle a du mal à me livrer, vacances obligent, sans doute. Le rouleau que vous avez vu entre mes mains l'autre jour était un premier envoi, mais il en manque beaucoup, j'ai dû les relancer, et depuis, j'attends. J'espère ne pas être bloqué ici tout l'été !

— Je vois. Explication valable, je vous lave de tout soupçon, pour l'instant ! Vous comptez aller où ensuite, si ce n'est pas indiscret ?

— Je rentre à Tintagel voir mon père après ces dernières années en Chine, et j'irai en Irlande visiter mes amis ici présents s'ils veulent bien m'accepter alors.

— Et votre… associé ?

— Raspoutine ? Il reste avec moi, au moins jusqu'en Angleterre, après… il fera ce qu'il voudra !

La femme les regarda et dit quelques mots rapides auxquels Corto répondit en riant.

— Que dit-elle ? demanda Poirot.

— Elle pense que vous êtes un policier qui m'interroge un peu trop, et elle s'inquiète pour moi. J'ai répondu que vous êtes un ami.

— Vous avez l'intention de faire du commerce avec votre bateau ? Simple curiosité ce coup-ci, je vous assure !

Corto éclata de rire.

— Non, bien sûr que non ! Il est beaucoup trop petit, et je n'ai pas l'esprit à faire les paperasses imposées par toutes les douanes du monde.

Ses yeux pétillèrent de malice.

— Je suis condamné à faire un peu de contrebande tout au plus, ici et là, comme mon père… Cruel destin que celui de notre famille quand même !

Hercule s'en étouffa avec son verre d'eau et Corto lui tapa dans le dos en riant.

— Remettez-vous, monsieur Poirot ! La contrebande est plus qu'une tradition en Cornouailles vous savez, c'est un mode de vie ! Les frères Carter importaient la moitié de l'alcool consommé en Angleterre à leur époque avec leur petite flotte de lougres de cabotage, sans payer de droits de douane, et il paraît que même le roi d'Angleterre figurait parmi leurs clients ! Ce n'est pas mon petit ketch qui me permettra d'en faire autant !

— Vous vous moquez, Corto, et ma foi, vous avez bien raison ! Je ferai l'éloge de vos efforts commerciaux auprès de mon ami le commissaire Marjeau quand je le verrai prochainement, soyez-en assuré !

— Je n'en attendais pas moins de vous, monsieur Poirot. Ainsi les mitrailleuses que j'aurai aussi à bord bientôt pourront transiter en toute tranquillité !

Hercule Poirot s'étouffa derechef et éclaboussa son gilet. Corto lui tendit un nouveau verre en riant à gorge déployée.

— Tenez, heureusement ce n'est que de l'eau ! Votre gilet en réchappera. Mais il faudra vous faire à mon esprit de repartie, vous savez ! J'ai cloué le bec plus d'une fois à Jack London ou à cette grande bringue de Martin Johnson, et ça faisait rire Charmian aux larmes !

— Des mitrailleuses maintenant ? Et dans quel but aurez-vous des mitrailleuses à bord, jeune homme ?

— Mais pour aider mes amis ici présents à délivrer l'Irlande de la domination anglaise et faire la révolution, quelle question ! C'est vous qui m'avez accusé d'être révolutionnaire tout à l'heure !

— Évidemment, évidemment… La révolution irlandaise… J'aurais dû y penser tout seul, excusez ma balourdise de Belge ! Et maintenant que vous vous êtes bien moqué de moi, comment vais-je faire pour regagner ma voiture sans devoir jouer de nouveau au voyeur en passant au milieu de ces gens ?

— Venez, je vous montre le chemin de la forêt. Il paraît que le tramway passera bientôt ici et ira jusqu'à Ronce-les-

Bains, c'en sera fini du bel isolement tranquille de ce lieu…

Hercule Poirot remercia chaleureusement leurs hôtes et suivit les fesses bronzées de Corto qui ne jugea pas utile de mettre un vêtement. En contournant la plage, ils arrivèrent assez rapidement à la lisière de la forêt en contrebas de la falaise.

— Comment s'appelle ce lieu écarté de tout ? demanda Poirot.

— Les Combots ou la Lède, je crois, mais ne me demandez pas ce qu'est un combot ou une lède, le saintongeais a des subtilités que mon français est insuffisant à traduire.

— Parce que vous connaissez le saintongeais aussi ?

— Non, monsieur Poirot, mais j'écoute les gens et je m'intéresse aux lieux où je passe et aux gens qui y habitent. Cela permet d'apprendre des choses qui peuvent être utiles et d'éviter des erreurs bêtes. Tenez, je m'arrête ici, plus loin il me faudrait des vêtements. Continuez tout droit, après quelques tournants, vous arriverez au terminus du tramway, en haut de la falaise. J'espère que vous aimez marcher, ça représente une petite trotte quand même. Et n'oubliez pas, monsieur Poirot : la solution de l'énigme dont vous ne m'avez toujours pas parlé n'est pas à mon bord. Et exonérez aussi les jumeaux Audden, je vous prie. Mais je suis prêt à parier que vous ne les soupçonniez d'ailleurs pas...

— Pari facile, Corto, effectivement je ne les avais pas inclus dans mes recherches ! Mais ce n'est pas le cas de votre ami... Ah, comment s'appelle-t-il donc déjà ?

— Raspoutine ? Aucun risque, il ne va à terre que pour raison de service, et ce pour un très bon motif : il n'a pas de visa, et je n'ai pas eu le temps de lui en faire un faux ! Oups, je n'aurais pas dû dire cela…

Ce coup-ci, Hercule se mit à rire de bon cœur.

— Moquez-vous encore, Corto, moquez-vous ! Je ne suis pas à la recherche de falsificateurs de toute façon. Mais gare à vous si je vous trouve impliqué dans cette affaire, vous ou votre porteur de flingue !

— Ne touchez pas à ce que Ras croit devoir être sa sécurité, il vous en cuirait ! Il est un peu paranoïaque en la matière, j'avoue que c'est parfois usant. Mais que voulez-vous… je dois veiller sur lui, sans doute… C'est mon ami !

— Votre ami ? Vraiment ? demanda Poirot, sincèrement surpris. Vous êtes ami avec un maniaque des armes à feu ?

Corto le fixa droit dans les yeux.

— L'amitié est comme l'amour, monsieur Poirot, elle prend des formes et suit des chemins surprenants sans respecter ni âges, ni sexes, ni races, ni nationalités, ni rationalité, ni rien… Ras est une brute violente, inculte, obsédée par l'or et l'argent dont il ne saurait sans doute que faire s'il en avait, mais… oui, c'est mon ami ! J'irai au bout du monde pour lui, même si cela devait être compliqué et risqué. Et je ne veux pas savoir si l'inverse serait vrai.

Hercule, déroulant son pantalon et remettant chaussettes et chaussures, regarda le jeune homme qui se dressait tout nu devant lui sans aucune gêne, et il s'aperçut avec surprise que la sienne avait aussi disparu. La droiture d'âme du jeune marin était évidente et tout soupçon en devenait tout simplement inconcevable. Il lui tendit la main.

— Vos amis ont de la chance, Corto Maltese ! Au revoir !

CHAPITRE 9

Le réceptionniste accueillit Hercule Poirot comme quelques jours auparavant d'un discret coup de menton vers le bureau du directeur. Il s'y rendit aussitôt, pour apprendre qu'un nouveau vol avait eu lieu dans l'après-midi dans la suite de Mlle Hériot, alors qu'elle était sur son navire pour inspecter les réparations qui avaient été faites pendant son escale forcée. Le directeur laissa comprendre au détective que le temps pressait pour solutionner cette affaire, car la famille Hériot avait un carnet d'adresses plus long que le bras, était admise dans toutes les cours d'Europe, et pour le coup, c'était l'avenir du *Golf-Hôtel* qui était en jeu, voire celui de la station !

C'est un Hercule Poirot perplexe qui sortit du bureau du directeur après avoir promis de faire plus que son possible, mais qu'il fallait un peu de temps pour identifier le ou les coupables. Titouan, passant à la réception, l'informa qu'un visiteur l'attendait au bar où il se rendit séance tenante et fut soulagé d'y trouver le commissaire Marjeau. Une fois tous deux assis dans un coin discret, celui-ci l'informa immédiatement qu'il n'y avait pas de receleur connu dans les environs, mais que malheureusement, sans renseignements plus précis du détective, il ne pouvait guère le renseigner plus avant…

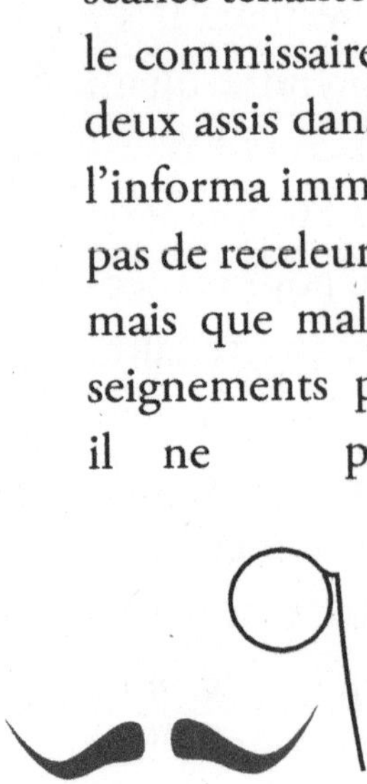

— Mon cher ami, lui dit Hercule, je me suis engagé à ne pas mêler la police à cette affaire et vous vous doutez bien pourquoi. Les lieux mêmes où nous nous trouvons et la qualité des gens en cause imposent une certaine discrétion, voyez-vous.

— Je vous en prie ! Dites-moi plutôt ce que vous cherchez, sans me donner le nom des victimes ni entrer dans les détails, répondit le policier, vexé. Cela me permettra de mieux cerner les éventuels suspects auxquels je pourrais penser, et éviter ainsi de nous disperser.

— Des bijoux, mon cher, des bijoux de quelque valeur même s'ils n'intéresseraient sans doute ni les musées ni les collectionneurs, avec en plus cette après-midi même une coquette somme d'argent.

— Je vois. Sans receleur sur place, les bijoux n'ont donc vraisemblablement pas encore quitté la ville. Les faits se sont produits ici, je suppose ? Il est donc inutile que je cherche parmi ma clientèle habituelle. C'est soit le fait d'un ou plusieurs clients, soit celui d'un ou plusieurs membres du personnel. Hum… Je fais suffisamment confiance à l'intégrité de la direction de cet établissement pour être quasi certain qu'elle a veillé au recrutement d'une équipe au-dessus de tout soupçon, donc on peut éliminer sans doute la seconde option, même si un faux pas est toujours possible chez un individu dérangé ou aux abois, n'est-ce pas ? Vous en êtes probablement arrivé à la même conclusion et vous cherchez parmi les clients et les habitués, c'est cela ?

— Vous résumez admirablement la situation, mon cher. Et j'avoue que pour le moment, mes petites cellules grises n'ont trouvé aucune piste sérieuse. Je viens d'éliminer celle d'un jeune marin un peu louche qui est en escale : j'étais avec lui cette après-midi même sur la Grande-Côte !

— Ah oui, le capitaine Corto Maltese. J'ai fait faire une enquête de routine à son sujet quand il est venu présenter son passeport : aucun antécédent connu dans les annales policières, même s'il mène une vie assez aventureuse. Son brevet de capitaine est authentique, Royal Hydrographic Academy of Hong-Kong, rien de moins, tout comme celui de son compagnon, mais celui-ci n'a pas de visa. Comme ses visites à terre ont toutes eu, pour le moment, un motif de service pour son bâtiment, ce qui est permis par la loi comme pour n'importe quel marin d'un bateau de pêche espagnol ou anglais quand il leur arrive de venir ici, je n'ai pas lieu de sévir.

Les deux hommes furent interrompus par l'entrée fracassante des jumeaux Audden, hilares comme à leur habitude mais trempés et dégoulinants de la tête aux pieds, et qui semblaient rien de moins qu'être dans un état d'ébriété assez avancé.

— Que vous est-il arrivé à tous les deux? s'exclama Hercule Poirot, choqué, en ouvrant de grands yeux et bondissant sur ses pieds.

— Il est tombé à l'eau en descendant du bateau de Corto..., commença l'un.

— ... et il a plongé pour me sauver, comme si je ne savais pas nager! poursuivit l'autre qui flanqua une bourrade à son frère.

— Eh bien, vous voilà dans un drôle d'état! Vous mettez de l'eau partout! Titouan, amenez donc des serviettes pour ces jeunes gens s'il vous plaît! Je suppose que vos grands-parents ne sont pas au courant?

— Ben non, ils veulent pas qu'on passe du temps avec Ras...

— Quoi? Vous étiez avec Raspoutine? Sur son bateau?

— Il nous apprenait à jouer de la vodka!

— Mais non, patate! L'instrument de musique, c'est la balalaïka! La vodka, c'est ce qu'il nous a fait boire!

— Ah oui, c'est ça...

— ... mais on sait toujours pas jouer, faudra qu'on y retourne...

— ... mais on sait boire comme des Russes!

Et ils s'effondrèrent derechef dans les bras l'un de l'autre en pleurant de rire.

— Cela m'étonnerait que vos grands-parents vous y autorisent s'ils apprennent ce qui s'est passé! Où sont-ils d'ailleurs?

— Partis faire du tennis avec le préfet ou quelqu'un comme ça. Pff, qu'est-ce qu'on s'ennuie pendant ces vacances! Heureusement qu'on a amené le bateau et que Corto est là!

— Je veux bien croire qu'il doit y avoir plus amusant pour des jeunes gens de votre âge que de traîner dans des lieux comme ceux-ci, mais ce n'est pas une raison pour vous enivrer... Enfin, en Belgique, des gens de votre condition ne se comportent pas comme ça !

— On est des Vikings, nous, pas des Belges ! fit l'un hardiment.

— On peut picoler tant qu'on veut, ça nous fait rien ! renchérit l'autre.

— Sauf tomber à l'eau et faire du scandale ! Vous avez de la chance qu'il n'y ait personne d'autre que moi ! Je m'arrangerais pour que l'on ne dise rien à vos grands-parents, chenapans !

— Si ces messieurs veulent bien me suivre, fit Titouan avec un sourire, et il adressa un clin d'œil entendu à Hercule Poirot en sortant de la salle avec les garçons.

— Qui sont ces jeunes gens ? demanda le commissaire Marjeau d'une voix paisible pendant qu'Hercule Poirot se laissait retomber dans son fauteuil en soupirant.

— Christopher et Jonathan Audden, petits-fils du comte Audden, conseiller de Sa Majesté Gustave V de Suède, présentement en vacances ici !... Et voici donc un autre suspect à effacer de ma liste : ce matelot ne pouvait pas être en même temps occupé à faire boire ces gamins et ici pour commettre un vol !... Je serais quand même curieux de savoir comment s'y prend notre client, il ne semble pas pénétrer dans les chambres par effraction...

— Ah, voilà une information intéressante ! Il y aurait donc un passe qui se promène dans des mains indélicates ? Avez-vous interrogé la réception ?

— Évidemment mon cher : de l'ordre et de la méthode, vous me connaissez ! Tous les passes ont été recensés pas plus tard qu'hier soir, il n'en manque aucun, et tous ont été authentifiés par le réceptionniste, ou par Geoffrey pour ce qui concerne ceux du restaurant et du bar !

— Je vais interroger les serruriers de la ville pour savoir si l'un d'eux a eu à reproduire une clé de ce genre. Et je vais aussi faire renforcer la surveillance de cet établissement, même si nous sommes déjà débordés comme toujours en saison. Mais c'est à peu près tout ce que je peux faire en l'état des choses sans instruction officielle du Parquet, mon ami, dit le policier.

— C'est déjà une aide d'importance et je vous en remercie. Tenons-nous au courant…

Hercule Poirot fit un geste vers le bar :

— Vous savez où se situe mon quartier général !

— Ne finissez pas comme les jumeaux Audden ! pouffa Marjeau.

— Cela ne risque pas! Mais une bonne bière d'abbaye belge me ferait peut-être du bien!

— À la vôtre alors, cher ami, je vous quitte, fit le commissaire en se dirigeant vers la porte.

CHAPITRE 10

Hercule Poirot dégustait sa trappiste quand il vit descendre des étages un pied de chevalet, suivi d'un chevalet au complet, auquel était attachée une toile vierge, porté par un peintre à la mèche en bataille dont l'autre main était encombrée de son énorme mallette de couleurs. Surpris, Hercule consulta sa montre puis, une fois l'homme sorti, se dirigea nonchalamment vers la réception.

— Notre grand artiste n'était pas dehors par une belle après-midi comme celle-ci ? demanda-t-il d'un ton détaché.

— Non, répondit l'employé, il reste parfois dans sa chambre pour finir une couche de vernis ou quelque autre détail comme cela, c'est du moins ce qu'il m'a raconté une fois.

— Tiens, tiens… Et cela arrive souvent ?

— Assez peu, monsieur. Disons une fois par semaine peut-être, depuis qu'il est ici… Il espère se faire offrir tout ou partie de sa pension en échange de toiles, vous vous rendez compte ? Quel culot !

— Qu'en pense le directeur ?

— Il lui a ri au nez et lui a demandé le solde de son séjour, que l'homme a promis d'apporter bientôt mais je ne pense pas qu'il l'ait versé encore. Désirez-vous que je vérifie dans nos registres ?

— Inutile pour le moment, je vous remercie, mon ami.

— Excusez-moi, fit à ce moment une voix derrière lui, mais avez-vous vu passer le peintre par hasard ?

Hercule se tourna et découvrit Marcel Proust, l'air essoufflé.

— Il vient de franchir la porte à l'instant, mais je ne sais pas où il allait, il avait une toile vierge.

— Oh, alors moi je sais : sans doute vers les petites conches, il affectionne particulièrement leur lumière, m'a-t-il dit.

— Alors vous le rattraperez sans peine, mais j'allais sortir moi-même me promener, puis-je vous accompagner, mon ami ?

— Avec plaisir, monsieur Poirot, et nous pourrons ainsi discuter de nouveau littérature en chemin. Je réfléchissais l'autre jour et me demandais pourquoi vous n'écririez pas les récits de vos enquêtes. Je suis certain que cela aurait du succès, les gens ont besoin de divertissements intellectuels, vous savez !

— C'est une idée qui ne m'était pas venue à l'esprit, savez-vous ? Cependant je ne suis pas persuadé d'avoir le talent qu'il faut pour aligner ainsi des phrases les unes après les autres. Et puis, honnêtement, vous pensez que nous nous abaisserions à être comme un de ces détectives de fiction aux enquêtes rocambolesques ? Ce… comment s'appelle-t-il déjà?… ah oui, Sherlock Holmes, c'est ça! Ce personnage créé par ce médecin anglais… Ah, j'ai oublié son nom, lui aussi ! Il élabore des théories fantaisistes à partir de détails complètement saugrenus, et comme par hasard, ses thèses tombent toujours justes ! C'est du roman ! Dans la réalité, voyez-vous, il convient d'examiner logiquement des faits qui entraînent des conséquences évidentes et…

Le reste de la discussion se perdit dans le brouhaha de l'avenue alors que les deux hommes se dirigeaient vers la falaise de calcaire au creux de laquelle se dissimulaient ces petites plages creusées par l'érosion et les vagues de l'océan dénommées *conches* sur ce petit bout de côte battu par la houle. Marcel Proust avait vu juste : ils tombèrent bientôt sur le peintre qui avait commencé à barbouiller une toile sans vraiment se soucier de représenter la réalité, à ce qui sembla au détective. L'homme ne sembla pas très heureux de le voir mais fut bien obligé de le supporter alors que Marcel Proust se répandait en compliments. Hercule prit congé après quelques instants et remonta à l'hôtel où il demanda à visiter les chambres des deux hommes, examen qui lui fut accordé sans mot dire. Il se contenta de jeter un œil distrait sur les feuilles qui recouvraient le bureau de l'écrivain, constata que l'encre en était fraîche, examina machinalement la corbeille à papier; puis fit de même dans celle du peintre où il fut incommodé dès l'entrée par une forte odeur de solvant, sans rien découvrir pour autant.

Hercule Poirot, bredouille, était sur le point de redescendre à la réception avec Titouan quand un toussotement de celui-ci le fit se retourner : son préposé particulier était accompagné d'un jeune homme vêtu de la livrée de l'hôtel, qu'il lui présenta.

— Fabio est garçon d'étage ici, monsieur Poirot, murmura Titouan, et il a peut-être une information pour vous... Allez, dis-lui ! houspilla-t-il son jeune collègue.

— Et bien, euh... mais je vais me faire renvoyer si M. le directeur l'apprend ! s'exclama le jeune homme, les larmes aux yeux.

— Allons, allons, fit Hercule Poirot, je sais tenir ma langue, je vous promets que je ne dirai rien à personne ! Qu'avez-vous à me dire ?

— Je... Il y a quelque temps, j'ai... j'ai oublié mon passe, celui qui permet d'entrer dans les chambres... Titouan m'a dépanné pour la journée, heureusement !

— Vous l'avez oublié quand, où et comment ?

— C'était il y a quelques semaines.

— Vous l'avez retrouvé ?

— Oui, heureusement, le lendemain. Il était dans cette chambre, sur la petite desserte à côté de la fenêtre.

— C'est là que vous l'aviez laissé ?

— Je suppose, en entrant ici, je me dépêche toujours d'ouvrir la fenêtre tellement ça pue !

— Le peintre était donc déjà ici ?

— Oui, monsieur, c'était juste après son arrivée, deux ou trois jours peut-être.

— Vous me dites donc que vous êtes entré avec votre passe, vous l'avez posé pour ouvrir la fenêtre, vous avez fait votre service, et vous l'avez oublié en sortant, c'est bien cela ?

— Oui monsieur.

— Comment avez-vous fait pour continuer votre service ?

— J'avais terminé, monsieur, c'était ma dernière chambre, et je ne me suis rendu compte de mon oubli qu'en reprenant mon service.

— Le lendemain matin ?

— Non monsieur, le soir. J'étais de service de nuit cette semaine-là. J'ai terminé vers 10 heures du matin par cette chambre, j'ai repris à 19 heures et Titouan m'a prêté son passe pour la nuit. J'ai retrouvé le mien ici le lendemain matin, pendant que le client prenait son petit-déjeuner.

— Donc votre passe est resté entre des mains étrangères toute une journée… Je peux voir ce passe ?

— Le voici, monsieur.

— Le vôtre aussi Titouan, s'il vous plaît.

C'étaient des clés d'aspect ordinaire, identiques à celles remises aux clients, simplement identifiées par un long ruban de couleur calligraphié au nom de l'employé alors que les autres avaient de gros cabochons métalliques au numéro des chambres. Hercule les essaya l'une après l'autre dans la serrure et elles fonctionnèrent parfaitement, comme dans celle de son propre appartement, deux étages plus bas.

— Je vous remercie, jeune homme, votre secret est sauf avec moi, mais n'oubliez pas de tout bien me dire, le moindre détail est important. Et rassurez-vous, je tiendrai ma promesse et ne dirai rien à M. le directeur, ajouta Poirot devant le regard anxieux du jeune homme. Vous avez la chance d'avoir un ami comme Titouan, c'est un Belge qui vous le dit! Des amis comme ça, ça vaut de l'or!

— Merci monsieur, mais vous savez, je ne pense pas que le peintre s'en soit servi.

— Ah bon? Et pourquoi donc, jeune homme?

— Il n'avait aucune raison de le faire, et je l'ai retrouvé là où je l'avais posé. Et puis, il s'est absenté toute cette journée-là…

— D'une part il a pu reposer votre passe tel qu'il l'avait trouvé, et d'autre part il s'absente tous les jours pour peindre, non?

— Oui, enfin non, parfois il reste à l'hôtel pour faire des vernis ou je ne sais quoi, ça pue encore plus le lendemain. Mais ce que je veux dire, c'est qu'il n'était pas à Royan ce jour-là !

— Comment le savez-vous ?

— J'ai retrouvé un billet de train dans sa corbeille. Un aller-retour pour Saintes.

— Vous avez gardé ce billet ?

— Euh, non… je l'ai jeté avec le reste du contenu de la poubelle…

— Qu'y avait-il d'autre dans la corbeille ?

— Je ne me rappelle pas, des tubes de couleur séchés et des chiffons sales, sans doute, comme d'habitude…

— Bien. Jeune homme, je vous remercie. Tenez, voici 5 francs pour boire à ma santé tous les deux, vous les avez bien mérités ! Et rassurez-vous, je ne dirai rien à M. le directeur.

CHAPITRE 11

Au petit-déjeuner le lendemain matin, le détective raconta au commissaire Marjeau, venu *par hasard* boire un café au bar, l'histoire de la perte du passe-partout, sans citer de noms que le commissaire ne lui demanda d'ailleurs pas. Ce dernier partit aussitôt, ayant tout juste le temps de prendre le train du matin pour Saintes.

Puis Titouan lui annonça à voix basse, tout en servant son thé, que le peintre avait réglé son séjour et annoncé partir dans quelques jours, le temps de laisser sécher ses dernières toiles.

Le prince Mourousi, exceptionnellement, était seul à sa table. Titouan, en renouvelant la théière d'Hercule Poirot, l'informa également que la nuit avait été chaude dans la suite princière où s'était déroulée une partie de cartes qui avait duré jusqu'au matin. Il se disait que quelques sommes fabuleuses avaient, paraît-il, changé de mains. Le détective se demandait sous quel prétexte interroger le prince quand celui-ci se leva et vint tout bonnement s'asseoir à sa table en amenant sa propre théière et sa tasse, sans paraître gêné le moins du monde.

— Bonjour monsieur, sourit-il.

— Bonjour Votre Altesse, bredouilla le détective, abasourdi.

— Excusez mon intrusion un peu cavalière et laissez tomber l'Altesse, je vous prie. Les temps ont changé, il n'y a plus de seigneuries qui tiennent et il n'y a bien que les bourgeois de la République française pour croire encore que de telles singeries sont de mise. Appelez-moi Mourousi, comme tout le monde. On me dit que vous êtes le fameux détective Hercule Poirot, celui qui résout les enquêtes les plus difficiles plus vite que son ombre ?

— Je ne sais pas Votre Altesse… Oh, excusez-moi, cela m'a échappé. Je ne suis qu'un bourgeois, belge de surcroît… Parfois j'essaie d'agiter mes petites cellules grises pour comprendre la succession d'événements qui peuvent s'enchaîner de manière à pousser certaines personnes dans l'illégalité, ou les conduire à avoir des comportements inappropriés, c'est exact. Auriez-vous besoin de mes services ?

— Je sais pas encore. Je me pose des questions à propos de certaines personnes de ma suite qui semblent rouler sur l'or alors que ma propre fortune bat de l'aile et qu'en principe elles sont à mon service.

— Monseigneur… pardonnez-moi, *monsieur*. Vous m'en dites trop ou pas assez. Par ailleurs, je ne connais pas les us et coutumes moldaves, ni celles de votre cour, je ne peux donc vous aider que très imparfaitement, je crains…

— Votre prix sera le mien, monsieur Poirot.

— La question n'est pas là et je me ferai un plaisir de vous être utile avant de parler de mes émoluments. Mais il me faut quelques éléments pour engager une enquête, quelle qu'elle soit, pouvoir observer toutes les personnes en cause, les victimes comme les suspects, et m'immerger un peu dans leur monde. Cela prend du temps, sans oublier que la barrière de la langue peut être un handicap difficile à surmonter sans parler de celle des coutumes nationales différentes. Je crains de n'avoir point trop de temps disponible en ce moment, hélas.

— Je vous entends, monsieur Poirot, mais je me permets d'insister. Je voudrais de la discrétion, voyez-vous, autant que de la rapidité, évidemment. Seriez-vous prêt à interrompre vos vacances pour quelques jours ?

— C'est que je ne suis pas précisément en vacances… je peux cependant songer à votre affaire à mes moments perdus. Mais dites-moi donc ce qui se passe, quel est votre préjudice, et qui vous soupçonnez éventuellement. Il me faut une base de départ, voyez-vous…

— Pourrions-nous en parler dans un lieu plus discret, je vous prie ? J'ai l'impression qu'ici tout le monde surveille tout le monde, au moins depuis votre arrivée. Rendez-vous au parc municipal, à côté de la gloriette des oiseaux, dans une heure, cela vous conviendrait-il ?

— C'est parfait, Votre Altesse… Oh pardon, excusez-moi, *monsieur*. À tout à l'heure !

Le prince rit et se leva pour se diriger vers la sortie, sous le regard imperturbable de Titouan qui fixa ensuite Poirot d'un air surpris, ce qui fit sourire le détective, goguenard, qui termina sa tasse sans se presser.

*

***

— Aucun serrurier de Royan ni de Saint-Georges n'a eu à refaire une clé de ce genre, dit le commissaire Marjeau en rendant celle de sa chambre à Hercule Poirot.

— Nous sommes donc encore dans le brouillard malgré cette belle journée, si je puis dire, fit celui-ci d'un air dépité.

— Pas tout à fait, car à Saintes, un artisan en a effectivement refait une il y a quelques semaines, sur les instances pressantes d'un personnage qui avait d'après lui un fort accent étranger, information qu'il faut relativiser : à Saintes, les Bordelais ou les Parisiens ont un fort accent étranger ! Mais les dates correspondent à peu près.

— Ah, enfin un élément sérieux ! Cet homme est-il un habitué de vos services ? demanda Poirot.

— Pas du tout, c'est un serrurier de ville qui a pignon sur rue et une excellente réputation, inconnu de notre administration. Mais c'est une avancée, vous avez raison. Ce peintre a eu tout loisir de perpétrer ses forfaits sous prétexte de vernissage dans sa chambre, sans commettre aucune effraction, en l'absence des victimes.

— Accusation sans l'ombre d'une preuve, mon cher commissaire, et vous êtes suffisamment bon policier pour le savoir comme moi. Vous m'asticotez, c'est tout. Aucun magistrat ne vous suivra sur une simple présomption de ce genre. Il n'y a même pas de quoi obtenir un mandat de perquisition officiel pour fouiller sa chambre, ce que j'ai déjà fait sans y avoir rien trouvé, ni bijoux ni même ce passe ! Ou alors c'est vraiment un amateur… Et puis, il n'y a pas que cela, j'ai eu d'autres informations… Que savez-vous de la bande qui entoure le prince Mourousi ?

— Holà, pas touche au prince, s'il vous plaît ! J'ai des instructions précises à ce sujet !

— Mon cher, ces instructions vous interdisent-elles de me fournir quelques renseignements ? Je ne compte pas arrêter qui que ce soit avec mes petites mains, vous le savez bien. Mais il me faut nourrir mes petites cellules grises, et elles me disent qu'il peut y avoir chez ces gens au train de vie dispendieux et aux rentrées de numéraire aléatoires matière à agir peut-être de manière inappropriée, se sachant de plus couverts par une immunité politique à défaut d'être diplomatique ou juridique. En clair, ma question est : de quoi vit le prince, et de quoi vivent ses gens ?

— Le prince vit à crédit, mon cher, sur son seul nom, et ce qu'il peut en retirer comme facilités ou privilèges dans certains milieux. Je sais qu'il a l'habitude de laisser des ardoises un peu partout, qui sont réglées ensuite par d'autres, le plus souvent des banques d'affaires ou des institutions privées ayant quelques vues sur les ressources de son royaume putatif. D'autres, minimes, le sont par les fonds secrets du gouvernement. Je n'en dirai pas plus car je n'en sais pas plus : je ne suis qu'un petit commissaire de province et on ne me tient évidemment pas informé de tout cela !

— Comment se fait-il qu'il ait échoué à Royan au lieu d'être en train d'écumer les palaces de Nice, Beaulieu ou Monte-Carlo ?

— Tout simplement parce qu'il a un peu trop perdu d'argent dans lesdits endroits et que ceux-ci ne l'accepteront désormais qu'une fois leurs ardoises réglées et sa situation assainie. Cela est valable pour ceux situés en France, mais je suppose qu'il en est de même dans la Principauté. La côte atlantique est à la fois moins chère et moins regardante… pour le moment.

— Je vois. Et les gens qui sont avec lui ?

— La plupart sont des familiers de longue date de sa dynastie, ou leurs descendants, dont les familles ont émigré avec la sienne. La Sublime Porte ne fait pas de cadeau à ceux qu'elle a vaincus ou asservis, vous savez, il valait mieux qu'ils partent tous plutôt que de finir empalés ou dans les mines d'argent d'Anatolie. Les plus jeunes sont nés et ont grandi en exil, comme le prince lui-même d'ailleurs, et ont toujours connu cette vie de bohème dorée faite d'incertitudes du lendemain et d'expédients divers.

— Mais ont-ils de l'argent ?

— Pas plus ni pas moins que le prince lui-même, je suppose, et le train de vie de ces gens est très au-dessus de la moyenne, même pour les riches bourgeois d'ici qui ne parviendraient pas à suivre ce genre d'enchères, ou ne le voudraient pas s'ils en avaient les moyens. Non, honnêtement, je ne sais pas quelles sont leurs ressources ni comment ils font. Et ce n'est pas le genre de renseignement que je peux espérer obtenir des autres services de mon ministère, on m'enverrait sur les roses. Que certains aient parfois des tentations de se tourner vers des sources plus ou moins occultes ou illégales est une possibilité, mais ni vous ni moi n'avons le moindre élément à charge en la matière.

— C'est exact. Mais qui va payer leur note à notre cher directeur quand ils vont partir ?

— Je n'en sais rien, et honnêtement, cela me préoccupe peu. J'ai assez à faire avec leur sécurité, et je ne me pencherais pas trop là-dessus à votre place. De toute façon, elle ne sera pas payée directement en pierres précieuses dérobées ici même, ce serait stupide. Lesquelles pierres précieuses, comme vous le savez, sont encore vraisemblablement ici.

— À ne pouvoir obtenir de réponses à mes questions, je risque de tourner en rond longtemps, mon ami ! Sauf un élément de surprise qui déclencherait une réaction chez notre voleur, qu'elle soit de panique ou d'euphorie, je n'avancerai pas, sauf à le prendre en flagrant délit, mais même moi je n'ai pas le don de me dédoubler partout, et comme vous êtes sur les dents avec la protection de toutes ces personnalités en plus de la saison touristique, je ne voudrais pas surcharger les services français de tracas qu'un petit Belge parviendra fort bien à résoudre tout seul avec un peu plus de temps. Mais le peintre a annoncé son départ et réglé sa note, c'est donc un oiseau en moins dans le nid, et peut-être est-ce lui le coupable malgré tout.

— En parlant de lui, savez-vous comment il a réglé sa note ?

— Mon Dieu, non, mais cela, je peux l'apprendre sans peine… Titouan, s'il vous plaît ! appela Poirot.

Le renseignement demandé arriva dans les minutes suivantes : la note, qui se montait quand même à quelques centaines de francs-or, avait été payée en billets de banque neufs.

— Mon cher, dit Marjeau en se levant, essayez donc d'apprendre d'où lui est venue cette liasse alors que rien ne semblait laisser supposer qu'il eût une somme pareille par-devers lui puisqu'il avait une lettre de change. Je vais me charger de savoir si une banque d'ici la lui a remise alors que la classe de la population qui fréquente ce genre d'établissement paie rarement en liquide. Et tenez-moi au courant de vos autres avancées, ajouta le commissaire d'un ton qui se fit sarcastique, nous verrons si les services français peuvent ajouter leurs compétences, qui sont nombreuses comme vous le savez, à celles, non moins remarquables certes, de la Belgique, mais à l'échelle de ce pays, plus… réduites !

CHAPITRE 12

Les deux membres du couple portaient des habits d'excellente confection qui attestaient à eux seuls leur position sociale. L'homme fixa un instant Hercule Poirot par-dessus ses lunettes rondes pendant que celui-ci se rendait à sa table avant de replonger dans son journal, alors que la jeune femme à l'air décidé portait sa tasse de thé à ses lèvres. Deux tables plus loin, deux inconnus aux regards fureteurs, complet veston et chapeau melon, le fixèrent également avec attention, sans se départir d'un air de vigilance, voire presque de sévérité. Le commissaire Marjeau

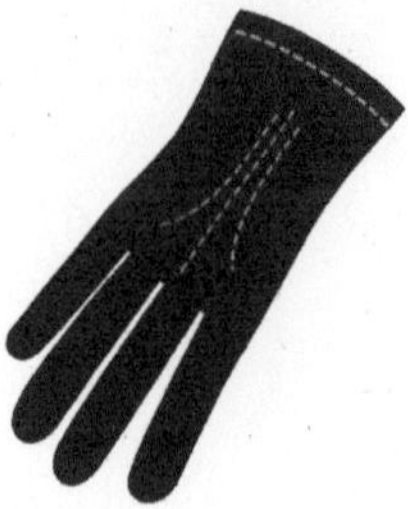

entra peu après que le détective eut pris sa place habituelle et vint s'asseoir à sa table en soupirant.

— Que se passe-t-il donc ? demanda Poirot sans se soucier de formules inutiles.

— Il ne manquait plus que ça comme cerise sur le gâteau ! soupira le policier. Vous voyez ce jeune couple ? Il s'agit du ministre du Commerce du gouvernement britannique et de sa nouvelle épouse, rien de moins, débarqués incognito pour quelques jours alors qu'ils sont prétendument en voyage de noces à Venise !

— Il ne vous manquait plus qu'un politique anglais effectivement, pouffa Poirot. Vous savez que la guerre de Cent Ans est terminée, quand même ?

— Ne vous moquez pas s'il vous plaît ! Je n'ai aucunement les moyens d'assurer la sécurité de tout ce beau monde, nous ne sommes qu'une sous-préfecture de province ! Enfin, il a ses propres gardes du corps, j'espère qu'ils seront vigilants en cas de problème…

— Vous parlez des deux types assis à la table du coin, n'est-ce pas ?

— C'est cela. Je les ai rencontrés ce matin. Ils ne parlent pas un traître mot de français, ça aide !

— Et comment s'appelle votre ministre en goguette conjugale ?

— Sir Winston Churchill. Si j'en crois les journaux, c'est une étoile montante de la politique britannique ! Pas très francophile du point de vue politique d'après ce que j'ai compris, mais il baragouine notre langue avec un accent à couper au couteau. Dieu seul sait pourquoi il est venu ici !

— Échapper à la brume londonienne qui pèse aussi sur les esprits là-bas, sans doute et si j'en crois moi aussi les journaux, et donner un peu d'air frais à son joli brin de femme, soit dit en passant.

— Je ne m'intéresse pas plus aux femmes mariées qu'à la politique, vous savez, répondit le commissaire. Mais dites-moi plutôt où vous en êtes avec cet oiseau ?

Le peintre venait effectivement de faire son entrée et détaillait la nouvelle Lady Churchill avec une effronterie qui lui aurait valu des ennuis certains dans un pays de mœurs plus méditerranéennes.

— Rien de neuf, soupira Poirot, au grand dam de notre ami directeur qui va finir enragé dans son bureau.

— Je vous souhaite le meilleur, mon ami, fit le commissaire en se levant. Le devoir m'appelle, à bientôt !

*

***

Enragé était un euphémisme ! Hercule Poirot prit tout bonnement un savon le lendemain soir, quand le directeur lui signala une nouvelle disparition, précisément dans la suite des Churchill, l'après-midi même de leur arrivée, alors que ceux-ci s'étaient rendus à une réception à la sous-préfecture. Disparition dont la faible importance – un simple collier posé sur une commode – entachait quand même la réputation de l'établissement en plus de celle de la France, étant donné la qualité des victimes. Hercule Poirot obtint cependant de pouvoir inspecter les lieux, en présence du couple et de leurs gardes du corps.

— Que savez-vous exactement de ce voleur ? lui demanda tout de go Sir Winston en homme habitué à commander et à obtenir des réponses.

— Pas grand-chose, Milord, répondit le détective, si ce n'est qu'il opère toujours en journée, généralement l'après-midi, sans avoir repéré les lieux au préalable puisque tout ce qu'il a dérobé était toujours en évidence, posé sur un meuble ou dans un tiroir non fermé à clé, et qu'il ne commet pas d'effraction. Je suis persuadé qu'il s'agit d'un amateur qui agit seul et a réussi d'une manière ou d'une autre à se procurer un passe. Mes soupçons se referment sur quelques individus seulement, mais je n'ai aucun élément de preuve et je n'ai pas encore réussi à établir une certitude absolue.

— Avez-vous établi un système de surveillance ?

— Évidemment Milord, j'ai des yeux et des oreilles dans les étages tout comme au bar et à la réception, mais l'individu d'une part est prudent, et d'autre part semble agir sans plan prémédité, plutôt sur des coups de tête.

— Donc il faut que vous arriviez à le piéger sinon vous risquez de courir encore longtemps en procédant de manière uniquement aléatoire, établit Lord Churchill d'un ton bonhomme.

— C'est bien mon intention, Milord. Il me manque un appât…

— Oh, mais cela peut s'étudier… Ce serait même amusant, qu'en dites-vous ma chère ?

— À quoi pensez-vous, mon ami ? répondit celle-ci.

— Que diriez-vous de montrer vos autres bijoux ce soir en allant au théâtre voir cette pièce dont parle le journal ? Nous pourrions traîner un peu pour être vus et attirer les regards, et qui sait si notre individu ne se laisserait pas tenter à une petite visite les jours prochains alors que nous serons sortis ? Ainsi les yeux de M. Poirot pourraient manifester leur acuité !

— Comme il vous plaira, mon ami, mais n'oubliez pas que mes bijoux ont quand même quelque valeur monétaire autant que sentimentale. Je serai chagrinée qu'ils disparaissent vraiment.

— Rassurez-vous Milady, fit Poirot, il est hors de question de les perdre de vue quoi qu'il arrive, et ils resteront sous notre surveillance. Voici comment nous allons opérer si vous le voulez bien…

CHAPITRE 13

— Je vous remercie toutes et tous d'être venus à l'invitation de notre cher directeur ici présent pour m'aider à résoudre cette pénible affaire dont vous avez été soit les victimes, soit les témoins plus ou moins directs, ou au moins par ouï-dire. L'un de vous est même le coupable et je vais le confondre avant la fin de cet entretien. Mais permettez-moi de vous présenter deux personnes des plus nécessaires ce soir : M. Marjeau, commissaire de police de Royan, qui prendra en charge au final le héros principal de cette soirée, si je puis ainsi m'exprimer, et M. Trichet, narrateur des heures de gloire de cette belle station de Royan, qui sera notre témoin *de visu* afin d'éviter de possibles fariboles futures. Les membres du personnel que vous voyez ne sont pas là pour le décorum, ils m'ont été utiles comme yeux et oreilles, et leurs témoignages devront être entendus. Et je n'oublie pas mes assistants involontaires mais aux compétences linguistiques très précieuses, sourit le détective en saluant les jumeaux Audden qui rougirent de plaisir d'être ainsi mis en valeur.

— Voici donc les faits, continua Hercule Poirot: tout a commencé il y a quelques semaines par la disparition mystérieuse des bijoux de la comtesse de P. en villégiature dans cette honorable maison, car mesdames – et il se tourna vers Mlle Hériot, la comtesse Audden et Lady Churchill – j'ai le regret de vous confirmer que vous n'avez pas été les seules victimes. Vous n'êtes que les dernières en date d'une longue série ! Je tiens d'ailleurs à féliciter l'auteur ici présent – les hommes se regardèrent d'un air mi-méfiant, mi-stupéfait – car son mélange d'audace, d'amateurisme et d'opportunisme en a fait un cas particulièrement difficile et long à élucider, et je voudrais remercier notre cher directeur de sa patience en la matière malgré les désagréments que ma présence a pu lui occasionner.

— Je vous en prie, mon cher ami, cela n'est rien, répliqua ledit directeur, du moment que vous êtes arrivé à confondre le coupable…

— Eh bien, mon ami, je dois avouer que… pas encore ! Je sais qui il est, mais je n'ai pu mettre la main sur le butin. Je dois vous avouer mon impuissance présente, mais la réunion de ce soir a pour but précisément de parvenir à élucider ce dernier point et de pouvoir rendre à qui de droit ce qui lui appartient, avec votre aide à tous.

— Comment donc, vous n'avez pas retrouvé ce qui a été dérobé ? s'écria la comtesse.

— Mais de quoi parlez-vous donc ? dit Marcel Proust, interloqué.

— Ch'est une plaisanterie, ricana le peintre, une mascarade ! Che ne fois pas pourquoi ch'ai été confié à fenir ce soir.

— Mais si vous n'avez rien retrouvé, comment pouvez-vous espérer confondre un coupable sans preuves ? s'exclama le directeur.

Hercule Poirot haussa les mains.

— Du calme, mesdames et messieurs, du calme. De l'ordre et de la méthode s'il vous plaît ! Laissez-moi continuer je vous prie ! Vous êtes tous ou avez tous été concernés, à un degré ou à un autre. Vous allez donc tous avoir l'occasion de vous exprimer, ou de vous expliquer. Et puisque vous m'en fournissez l'opportunité, mon cher directeur, commençons par vous ! Pouvez-vous m'expliquer par quel miracle ou quelle imbécillité, et je vous laisse décider du terme le plus approprié, vous n'enfermez pas les valeurs de vos clients dans votre coffre qui est largement assez grand pour en accueillir beaucoup, et vous comme moi sommes bien placés pour le savoir ?

— Mais ce n'est pas la politique de la maison, vous le savez comme moi ! Et vous avez un certain culot de venir m'accuser d'un comportement qui est approuvé par votre compagnie, comme vous le savez !

— Je le sais mon ami, je le sais. J'ai aussi indiqué à ces messieurs de la compagnie que je ne cautionnais pas ce choix qui ne peut que favoriser le genre de problème auquel nous faisons face ce soir, bien que ce soit mon fonds de commerce, si je puis dire ! Mais enfin, restons pragmatiques : après le premier ou le deuxième vol, pourquoi n'avez-vous pas mis en lieu sûr les biens de valeur de vos clients ? C'était la prudence la plus élémentaire !

— Jamais je n'aurais pensé qu'il y aurait d'autres vols après le premier ! J'ai pensé à un maraudeur, quelqu'un d'extérieur à l'établissement ! J'ai même mis en place une surveillance du jardin pendant quelques jours.

— Et cela n'a servi à rien puisque nous sommes arrivés très vite à la conclusion que le voleur était dans la place, ma première tâche a été de m'en assurer. Je puis vous assurer qu'il y est toujours, de même que le butin, car celui-ci est impossible à revendre dans un lieu aussi étriqué que Royan. Les receleurs d'une envergure suffisante pour écouler une telle marchandise ne sont pas sur cette côte, et je parle sous le contrôle du commissaire Marjeau qui se fera une joie d'approuver puisque cela l'exempte d'un fardeau supplémentaire – ce que fit le policier d'un signe de tête affirmatif. Mais je dois avouer que le panel de personnalités capables de ce genre de forfaits était vaste et intéressant pour des petites cellules grises curieuses et hélas expérimentées qui savent que tout le monde, sans exception et quelle que soit son apparence extérieure, même celle d'un prince en exil ou d'un écrivain en train de tenter de guérir une maladie tenace, peut dérailler et se laisser tenter – ou plus prosaïquement être dans le besoin. Et je ne parle pas des jeunes marins en escale plus ou moins justifiée !

— Je m'en suis déjà expliqué avec vous, sourit Corto Maltese, nullement décontenancé par ces propos.

— C'est exact, jeune homme, et je vous ai déjà dit que votre alibi est valable. Mais ce n'est jamais qu'un alibi, et comme tel il n'empêche rien : vous pouvez très bien profiter d'une escale imposée pour des raisons parfaitement valables d'un point de vue maritime pour commettre des larcins avant de mettre les voiles ! Il me faut des preuves factuelles, jeune homme, pas des explications !

— Ne serait-ce pas à vous de fournir des preuves inverses ? Il me semble difficile de prouver quelque chose qui n'a pas existé, sauf si on parle en matière religieuse, mais je ne crois pas que ce soit l'objet du débat ! s'exclama Corto d'un ton piqué au vif.

— Ah, voilà ! J'espérais vous faire réagir ! Eh bien, la preuve, vous me l'avez fournie sans même le savoir puisque nous étions tous deux en train de discuter déjà philosophie à quelques kilomètres d'ici alors même qu'un nouveau larcin avait lieu en ces murs. Vous êtes donc disculpé !

Et Hercule s'inclina légèrement devant le marin surpris.

— En revanche, ça ne fait pas mon affaire puisque j'ai été obligé de réorienter mes recherches. J'ai même pensé à votre... associé, commandant Maltese, jusqu'à ce que ces deux jeunes gens – Poirot désigna les jumeaux d'un coup de menton, qui se dévisagèrent sidérés – ne le disculpent sans même le savoir avec leurs leçons de balalaïka! Ils semblent être doués pour la musique puisque depuis, le temps est resté au beau, gloussa le détective.

— Quelles leçons? fit la comtesse en regardant ses petits-fils.

— Plus tard, fit le comte. Qu'en est-il ensuite?

— Eh bien, ensuite, je dois avouer que j'ai un peu tourné en rond, continua Poirot. Et votre requête, Votre Altesse, pardon, monsieur, n'a pas été sans me dérouter un instant!

Poirot s'était tourné vers le prince Mourousi, qui resta impassible.

— Votre entourage regorge de sujets de choix pour ce genre de forfaits : jeunes, audacieux, opportunistes, sans scrupules et désargentés. Ne me regardez pas comme cela s'il vous plaît, je comprends trop bien hélas pourquoi vous avez fait appel à mes services, mais je ne suis pas en mesure de vous aider, je vous le dis tout de suite. Vos compagnons et vous-même appartenez au même monde, si je puis dire, vous vivez des mêmes expédients, y compris ceux qui vous préoccupent. Aucun détective n'y peut ni n'y pourra jamais rien. Nous ne sommes pas du même univers. Tout comme le vôtre, monsieur Proust : vous êtes un parfait descripteur de notre temps, de notre monde, vous le décrivez et en rendez compte à merveille… mais je ne pense pas que vous soyez en capacité de faire autre chose que le décrire. La surveillance dont vous avez fait l'objet le confirme en tous points : notre monde, nos pensées, nos inconséquences, nos dépravations, vous savez les mettre en mots justes, en phrases sublimes, mais vous restez un spectateur, vous n'en faites point partie. Et, pour ce qui me concerne et malgré votre attrait ou votre fascination pour la chose policière, vous êtes incapable du moindre forfait ! Faites en sorte que cela continue, s'il vous plaît. Mettez-nous en mots, en phrases, en personnages imaginaires, mais restez en dehors de nos turpitudes et de nos délits, qu'ils soient intentionnellement ou pénalement répréhensibles.

— Che ne comprends rien à che que vous dites, lâcha le peintre, vos histoires ne me concernent pas, che voudrais partir maintenant !

— Oh, mais bien sûr que si, nos histoires vous concernent, monsieur le peintre ! Et merci de me donner l'opportunité de m'intéresser à vous, il ne restait plus que vous, d'ailleurs. Et VOUS êtes celui que j'accuse de vols et recels, bien que sans effraction !

— Fous dites n'importe quoi pour fous rendre intéressant ! Fous n'avez pas la moindre preufe contre moi ! Monfieur le directeur, fette mascarade a assez duré ! Je quitterai fotre établissement demain matin à la première heure, et comptez sur moi pour faire connaître fette histoire à monseigneur de Saxe ! Fos chours sont comptés ! Maintenant, laiffez-moi retourner dans ma chambre, che dois encore rancher ma boîte de couleurs afant de partir !

Hercule Poirot le regarda d'un air surpris.

— Votre boîte de couleurs… Mais bien sûr ! Quelle chose peut avoir plus d'importance pour un peintre ? Auriez-vous l'obligeance d'aller la quérir et de la ranger devant nous, je vous prie ? Je suis certain que c'est absolument passionnant...

— Il n'en est pas queftion! Cela ne regarde que moi! Fous outrepassez fotre rôle, monsieur Poirot! Che pourrais porter plainte contre fous, fous savez...

Le commissaire Marjeau prit la parole:

— Monsieur le directeur, pourriez-vous nous faire apporter cette mallette de couleurs, s'il vous plaît?

Celui-ci fit un signe de tête impératif à Titouan.

— N'y touchez pas! cria le peintre. Che vous interdis...

— Vous n'avez rien à interdire ici, dit le directeur d'un ton sec. Titouan, exécution, et faites-vous accompagner, qu'il n'y ait aucune suspicion possible.

— Deux inspecteurs sont au bar, fit Marjeau, dites-leur de vous accompagner, et que c'est moi qui l'ai dit.

Le jeune homme s'éclipsa.

— Che vous préviens, fit le peintre de plus en plus furieux et agité pendant son absence, s'il y a le moindre dégât à mes couleurs ou ma boîte, fous en répondrez touf autant que fous êtes, fous m'entendez ? Fous n'avez pas le droit ! Fous êtes des bandits ! Fous outrepassez fotre autorité ! Je feux parler à mon consul immédiatement !

— Mais oui, mais oui, dit le directeur, je vous donne ma parole que je vous adresserai des excuses publiques, par écrit s'il le faut, si M. Poirot ne parvient pas à démontrer son accusation. Mais dans le cas inverse, je vous promets aussi que je vous trouverai une place dans le prochain bateau qui ralliera Fort-Boyard à Cayenne[2] !

Titouan et un policier en civil entrèrent après avoir frappé. Le jeune serveur posa la boîte sur la table basse

2. Fort-Boyard servit un temps de centre de transit pour les bagnards condamnés aux travaux forcés en Guyane.

du salon, vers laquelle le peintre se précipita pour l'examiner des plus soigneusement.

— Ouf! fit le jeune serveur. Je n'aurais jamais cru que des couleurs puissent peser aussi lourd!

— Bellot, retournez m'attendre au bar, je vous prie, fit le commissaire Marjeau, j'aurai sans doute besoin de vous de nouveau tout à l'heure.

— Fous ne l'avez pas ouferte au moins? Che vous interdis d'y toucher de nouveau! Seul moi peux l'oufrir! Si fous forcez la serrure, il fous faudra me racheter une nouffelle boîte, entendez-vous? C'est une boîte de chez *Toplicht*, à Hambourg, elle vaut une fraie fortune, che fous préviens!

— *Toplicht* fait des boîtes de couleurs? fit Corto Maltese. J'ignorais cela! Je pensais qu'ils ne faisaient que des articles de marine!

— Vous pouvez nous expliquer, Corto ? demanda Hercule Poirot, interloqué.

— Bien volontiers ! *Toplicht* est l'un des plus gros marchands d'articles pour la marine dans le monde entier, ce qu'on appelle un shipchandler : ils vendent de tout, depuis les matériaux de construction pour les bateaux jusqu'aux provisions de bouche pour les équipages, le charbon pour les vapeurs, en passant par les aiguilles à voiles et tout l'équipement possible et imaginable. Le tout dans la meilleure qualité ! Je n'ai pas les moyens d'acheter chez eux, hélas, mais je connais leur réputation. Qualité allemande, c'est tout dire ! Mais j'ignorais qu'ils faisaient aussi des mallettes de couleurs…

— Ils n'en font pas, proféra le peintre, ch'est un coffre de matelot mais che peux y rancher mes toiles et…

— Un coffre de matelot de chez *Toplicht* ? s'exclama Corto. Puis-je l'examiner s'il vous plaît? C'est le premier que je vois et je voudrais vérifier la légende qui court à leur sujet…

— Non! cria le peintre. N'y touchez pas!!!

— Est-ce que cela peut aider à résoudre l'affaire qui nous intéresse? demanda Hercule Poirot. Nous ne sommes pas vraiment ici pour faire de l'expertise maritime, vous savez!

— Eh bien, peut-être que si, voyez-vous, si ce que la légende prétend est exact…, répondit Corto mystérieusement en s'approchant de la table.

— N'ossez pas y toucher, hurla le peintre qui se précipita pour entourer sa boîte de ses bras et l'emporter plus loin.

— Horlacher please! fit Winston Churchill d'un ton calme.

Ses deux gardes du corps s'emparèrent de l'homme, le soulevèrent de terre avec sa boîte comme s'il n'avait pas pesé plus lourd qu'une plume, et l'assirent de force sur une chaise avant que l'un d'eux ne repose la boîte sur la table.

— Maintenant vous vous calmez, dit le commissaire Marjeau au jeune Allemand, et je vous inculpe d'ores et déjà de rébellion envers l'autorité. Continuez comme ça et vous finirez la nuit au poste. C'est beaucoup moins confortable qu'ici, je vous préviens, et votre boîte sera confisquée et ne restera pas à votre disposition, quoi qu'elle contienne. Vous avez compris ?

— De quelle légende parlez-vous, capitaine Maltese ? fit Mlle Hériot d'un ton surpris. Je pense connaître beaucoup de choses sur la mer mais je n'ai jamais entendu parler d'une chose pareille. Le nom *Toplicht* m'était d'ailleurs inconnu jusqu'à aujourd'hui !

— Eh bien, mademoiselle, vous fréquentez trop les cocktails pour officiers ou propriétaires de yachts pour savoir ce qui se dit dans les bars à matelots où vous ne traînez pas assez, répondit Corto avec un sourire sarcastique. Il paraît que les coffres de marins de chez *Toplicht* ont un compartiment secret… C'est le cas chez de nombreux fabricants, me diriez-vous, mais ils sont en général assez mal dissimulés. *Toplicht* fait fabriquer ces coffres par de vrais ébénistes, pas par des charpentiers de marine, et donc ces compartiments sont particulièrement bien cachés et ont un système d'ouverture sophistiqué et très sûr.

— Mais vous avez dit que vous n'en avez jamais vu jusqu'à présent, comment pensez-vous pouvoir trouver ce compartiment, si compartiment il y a? demanda Poirot, sceptique.

— Grâce à un truc que m'a enseigné un vieux rat de Venise…

Corto sortit de sa poche un petit couteau de poche et en déplia la lame courte.

— Un rat de Venise ? sourit Mlle Hériot. C'est une ville fascinante, vous la connaissez bien ?

— J'y ai passé une partie de mon enfance, mademoiselle, et Corto sourit à la jeune femme avant de baisser les yeux de nouveau sur la boîte de couleurs, dans le Vieux Ghetto exactement…

— Un endroit plein de rats, donc ?

— Il y a beaucoup de chats aussi, rassurez-vous. Mais le rat dont je parlais était un rat de bibliothèque et facteur d'orgues. Il m'a montré quelques trucs et plein de vieux papiers, tous plus ou moins hermétiques et secrets… Pour un gamin de mon âge, c'était absolument passionnant !

— Je n'en doute pas, fit la jeune fille d'un air rêveur. Je vous l'ai déjà dit, vous semblez avoir eu une vie déjà passionnante pour votre âge. Des études à Venise, des voyages dans le monde entier, un brevet de capitaine... J'aimerais avoir un capitaine comme vous sur l'*Ailée*, vous savez? Quelqu'un capable de m'emmener partout, de me faire explorer le monde ensemble, de découvrir de nouveaux endroits, loin de toutes les simagrées de la civilisation...

Corto rougit et la regarda un moment dans les yeux avant de replonger son regard vers la boîte de couleurs devant lui.

— Je vous remercie pour ces compliments, mademoiselle, mais... êtes-vous bien certaine que je suis le bon candidat? Je vis bien loin des conventions de ce monde dont vous parlez... Moi, je traîne sur les plages où les gens sont tout nu, parmi les matelots et les clochards des quais, pas dans les cocktails pour yachtmen ni les aristocrates comme vous... Vous auriez vite honte de moi, je pense. Et puis, je ne suis pas capable de commander un bateau comme le vôtre, et vous ne sauriez où poser vos bagages sur le mien… que je n'ai pas envie de vendre ni de quitter d'ailleurs. Je vis d'expédients, vous savez, et même s'ils sont légaux – il adressa un sourire sardonique à Hercule Poirot – ce sont quand même des expédients. Et je ne suis pas non plus du genre à me faire entretenir ou à être un prince consort… Nos mondes se côtoient aujourd'hui, mais un abîme les sépare… Nos modes de vie sont trop différents, opposés même, si cela se trouve, et ni l'un ni l'autre ne pourra ni ne voudra en changer, même si… certains sentiments… pourraient un temps nous faire croire le contraire… J'en suis désolé, car par ailleurs… vous êtes la jeune fille la plus belle et la plus attirante que j'aie jamais côtoyée, je vous avoue !

Et le jeune marin rougit sous les yeux stupéfaits de son auditoire, tout en se replongeant dans l'étude de la boîte de couleurs, alors que la jeune fille le fixait, coite mais les larmes aux yeux.

— En quoi tout cela concerne-t-il notre affaire ? demanda finalement Hercule Poirot avec une brusquerie voulue pour cacher sa gêne.

— En rien, bien sûr, repartit Virginie Hériot d'un air princier, vous êtes pressé ?

— Euh... excusez-moi, mademoiselle, se reprit le détective. Je me laisse emporter, mais j'ai toujours une enquête sur les bras et un coupable à confondre, vous savez...

— Excuses acceptées pour cette fois-ci, répliqua la jeune fille du même air royal, qui reporta son attention sur le jeune marin qui tapotait sur les parois de la boîte de couleurs avec le manche en bois de son couteau.

Il souriait d'un air absent, attentif à une différence de son qui pourrait se faire entendre dans le silence qui régnait dans la pièce.

— Fous poufez toujours cogner, ricana le peintre, chela ne chanchera rien puisque fous ne trouferez rien ! C'est une boîte *Toplicht* ! Foulez-vous me la rendre maintenant ?

— Pas encore, répondit Corto, qui entreprit une nouvelle inspection par l'intérieur.

Le peintre bondit.

— Ach, cha suffit maintenant !

Il referma précipitamment l'objet sur les doigts du jeune homme qui les frotta en fronçant les sourcils.

Sir Winston fit un signe de tête et l'un de ses gardes du corps exhiba un petit revolver qu'il pointa sur la tête du peintre pendant que son commensal reprenait la boîte et la tendait à Corto.

— Continuez s'il vous plaît, fit Churchill d'un ton sec.

Corto rouvrit la boîte, en sortit quelques tubes et chiffons, fureta un moment, puis on entendit distinctement un tintement, comme un grelot, sortir des tréfonds du coffre.

— Et voilà ! fit Corto avec un grand sourire. Elle est à vous, ajouta-t-il en se tournant vers Poirot qui se précipita.

Comme tous fixaient la boîte, le peintre repoussa brusquement la main du garde qui le menaçait, attrapa le revolver et bondit sur la boîte avec plus de vivacité que le petit détective ventripotent. Il la referma et bondit vers la porte-fenêtre du bureau.

— Puifque fous ne foulez pas me laiffer fortir par la porte, che fais fortir par la fenêtre ! N'effayez pas de me fuivre ! Fous là, fous fenez avec moi !

Il pointa le revolver sur l'un des jumeaux, qui fixa l'arme en ouvrant de grands yeux mais ne broncha pas.

— Schnell ! cria-t-il. Exécufion maintenant !

Les deux gardes du corps firent un mouvement.

— Nein ! cria le peintre en les menaçant à leur tour. Ne bouchez pas ! Mains en l'air fous deux !

Il attrapa le jeune garçon d'un bras et le tira vers la fenêtre qu'il ouvrit vivement.

— Atieu, meffieurs dames ! ricana-t-il avant de disparaître… pour réapparaître immédiatement avec des yeux écarquillés, repoussé vers l'intérieur par un énorme pistolet automatique tenu par une main, située au bout d'un bras, celui du matelot de Corto qui fit son entrée, enjambant le seuil, cheveux hirsutes, yeux écarquillés et barbe noire en bataille.

— Ce n'est pas gentil de me laisser au bateau pendant que tu t'amuses, Corto, fit l'homme sans quitter le peintre des yeux. Je fais quoi de celuici ?

— Raspoutine ! s'exclama Corto avec soulagement. Qu'est-ce que tu fiches ici ?

— Tu es parti un peu trop précipitamment tout à l'heure, alors je t'ai suivi, et j'ai l'impression que je tombe à pic, comme d'habitude ! Je t'ai déjà dit combien de fois de ne pas sortir tout nu !

— Tout nu ? fit Virginie Hériot en regardant le jeune homme de la tête aux pieds.

— Ça veut dire : sans armes ! Et c'est vous qui l'avez retenu ici ? Pff…, fit le matelot en la toisant d'un air méprisant. Encore une garce qui n'a aucun sens de l'aventure et ne comprend jamais rien ! Corto, quand finiras-tu de courir après ces chimères ?

Le peintre profita de l'instant d'inattention pour esquisser un mouvement qu'il n'eut pas le temps de terminer avant qu'une gifle monstrueuse l'envoie s'affaisser par terre le long du mur comme un pantin de chiffon, alors que son revolver voltigeait hors de portée sur le tapis.

— Pas bouger ! fit Raspoutine d'un ton menaçant.

— C'est peut-être une bonne question, dit le commissaire Marjeau avec un temps de retard, mais la réponse va devoir attendre. Je vais prendre la main à partir de maintenant si vous n'y voyez pas d'inconvénient.

Il fixa Raspoutine qui avait reporté son attention sur le peintre et le menaçait à nouveau de son arme monstrueuse.

— Je crois que vous n'avez pas le droit de descendre à terre et encore moins d'y être armé, de nuit de surcroît, mais vu les circonstances, je fermerai les yeux cette fois-ci. Je vous remercie de votre intervention si opportune.

Il se tourna vers Titouan, debout à côté de la porte.

— Jeune homme, allez me chercher Bellot et Tessier s'il vous plaît.

Les deux policiers entrèrent peu après.

— Bellot, passez les menottes à cet homme, fit le commissaire en désignant le jeune homme affalé contre le mur, et vous, Tessier, allez préparer la voiture. Vous êtes officiellement en état d'arrestation, fit-il au peintre, pour attaque à main armée sur la personne du jeune Audden ici présent, refus d'obtempérer, et je n'oublie pas la rébellion de tout à l'heure. Vous allez en prendre pour quelques années dans les geôles françaises, je vous le dis tout de suite. Cela dit mon cher Poirot, le vol reste à prouver ! Où est votre butin ?

— Mais le voici ! fit le détective avec un sourire ravi. Corto, pourriez-vous nous ouvrir derechef ce double-fond ?

— Avec plaisir, fit l'interpellé, et il plongea de nouveau les doigts au milieu des tubes et des pinceaux.

Le grelot se fit entendre de nouveau et Corto écarta quelques chiffons et ouvrit en grand un compartiment de quelques centimètres de haut seulement, dissimulé dans une paroi.

— Astucieux, vraiment ! fit-il. Ce n'est pas le fond qui est double, mais la paroi de côté ! Si ça se trouve, l'autre l'est également…

Un nouveau tintement se fit entendre et Corto siffla d'admiration.

— Absolument stupéfiant de précision dans les ajustages ! La paroi est biseautée pour qu'une fois fermée rien ne permette de penser qu'il y a une cachette dans ce coffre ! Même le grain du bois est identique sur les deux faces et le mécanisme est pratiquement indétectable ! Un vrai travail d'ébéniste ou d'orfèvre !

— Poussez-vous, chenapan de marine, sourit Hercule Poirot, qui plongea les mains à son tour pour les ressortir, chargées de colliers de pierres précieuses et de perles. Et voici le butin de ce malfrat, messieurs dames. Reconnaissez-vous vos parures là-dedans ?

CHAPITRE 14

Hercule Poirot, costume de lin couleur crème, le gilet de daim barré de la chaîne d'argent de sa montre, chemise de soie immaculée et cravate aux couleurs de son club londonien, pénétra dans la salle à manger pour prendre son petit-déjeuner avec la même tranquillité qu'au premier jour de son enquête. Il fut salué d'un coup de tête par Sir Winston Churchill et d'un sourire affable par Lady Churchill. Le prince Mourousi lui adressa un clin d'œil sans cesser de rire aux propos de ses courtisans. Le comte et la comtesse Audden écoutaient avec une attention soutenue une histoire que racontait l'un des jumeaux et ne le regardèrent même pas. Les autres tables étaient déjà desservies ou pas encore occupées. Titouan lui apporta son thé immédiatement, arborant un grand sourire jusqu'aux oreilles. Le commissaire Marjeau et François Trichet passèrent la porte au moment où le détective portait sa tasse à ses lèvres et vinrent s'asseoir sans façon à sa table, chacun ayant droit à son café habituel. Hercule tapota soigneusement sa bouche avec sa serviette avant de s'enquérir d'un ton badin :

— Eh bien, mes chers amis, la nuit vous a-t-elle été bonne ?

— À nous, oui, sans doute. Je n'en dirais pas autant de celle d'un ancien client de cet établissement… Avez-vous vu le directeur ? demanda Marjeau.

— Pas encore, je viens tout juste de descendre. Je le verrai avant mon départ par le train de l'après-midi. Aurait-il des choses à m'apprendre que vous ne m'ayez pas dites auparavant ?

— Sans doute pas. Notre petite station balnéaire n'a qu'une vie monotone, vous savez, tout va plan-plan, sans extravagances. C'est d'un ennui… !

— Allons bon ! Et notre affaire donc ? fit Poirot, un rien surpris.

— Quelle affaire, mon bon ? Il n'y a eu aucune affaire à Pontaillac, et il n'y en aura pas, ni cette année ni une autre !

— Décryptez-moi cela, je vous prie, mes petites cellules grises belges sont incapables d'une telle gymnastique intellectuelle française de si grand matin.

— C'est très simple : comme il n'y a eu aucun préjudice ni aucune victime à la clientèle de cet établissement – juste un petit accroc à l'ego de notre directeur, mais il s'en remettra – et que tous préfèrent que ce petit impromptu reste ignoré du reste du monde, le gouvernement a émis un veto formel à toute action en justice qui, vu la qualité des personnes mises en cause, serait immédiatement trop médiatisée. Le sous-préfet et moi-même avons reçu des instructions du directeur de cabinet du ministre en personne par télégraphe. M. Trichet ici présent le confirmera, y compris sous la torture et y compris dans des décennies : il ne s'est rien passé et ne se passera rien à Pontaillac cet été !

— J'en suis fort marri, vous pensez bien, fit l'interpellé. J'aurais presque eu de quoi remplir deux ou trois pages de mon prochain ouvrage sur la vie locale ! Je suis dégoûté, proprement dégoûté. Pour une fois qu'il y avait autre chose que la noyade d'un touriste ou un incendie accidentel… Je n'aurais rien à raconter cet été, en dehors de l'escale du yacht de Mme Hériot et de celle de Corto Maltese, qui a appareillé avec la marée ce matin, soit dit en passant : il m'a chargé de tous vous saluer de sa part et semblait navré de devoir partir si tôt, mais la marée n'attend pas, d'après les marins…

— Mais… et notre peintre donc ?

— Oh, lui !… Ne mésestimez pas les ressources infinies de l'Administration française ! Aucune sanction *en justice* ne signifie pas impuissance *administrative* ! sourit Marjeau. Il nous a semblé que son passeport était douteux, peut-être falsifié, et en outre il y a cette histoire de passe dont il n'a pu nous expliquer clairement le but… Il s'en tire à bon compte avec une simple interdiction de séjour sur l'ensemble du territoire. Il est parti tout à l'heure, sous bonne escorte, jusqu'à la frontière bavaroise ou suisse, comme il lui plaira. Bon débarras, ce n'était de toute manière qu'un amateur sans grande envergure.

— Il ne s'est pas rebellé contre cette expulsion ?

— Vous pensez bien que si ! Nous avons eu droit à une longue tirade, hurlée dans tout le commissariat, moitié en allemand, moitié en ce qu'il pense être du français, décrivant tous les châtiments qu'il compte imposer un jour à nous autres Français, à vous autres Belges, aux Anglais des Cornouailles, aux Juifs, aux homosexuels, aux écrivains et au reste du monde ! Et je ne vous dis pas le sort de la Russie puisque c'est un Russe qui a osé le frapper ! Il va mettre la planète à feu et à sang, rien de moins ! Nous voilà prévenus ! Ah, mais j'y pense d'un coup, il a oublié la Suède, c'est bizarre…

Et le commissaire se mit à rire, sous les yeux surpris des autres clients et de Marcel Proust qui venait de faire son entrée.

— Venez donc vous asseoir avec nous, proposa gentiment Hercule Poirot à ce dernier. Vous ne semblez pas avoir bien dormi, vous non plus…

— Comment aurais-je pu après une histoire pareille ? fit l'écrivain, déconfit. Tous ces revolvers m'ont mis sens dessus dessous ! Mais qui d'autre a mal dormi ?

— Votre ami le peintre, répondit Marjeau, les bancs des cellules du commissariat sont assez raides, surtout après les lits douillets du *Golf-Hôtel* !

— Ah ! Heinrich ! murmura Marcel Proust. Que va-t-il devenir ?

— Comme je viens de l'indiquer à M. Poirot, il est en cours d'expulsion. Il a une chance incroyable, notre gouvernement ne veut pas de vagues et…

— En cours d'expulsion ? Il est déjà parti ? Je ne pourrais donc pas le revoir une dernière fois ?

Le commissaire et le détective se regardèrent, surpris et navrés. Hercule Poirot posa doucement la main sur l'avant-bras de l'écrivain.

— Pour quoi faire, Marcel ? Pour quoi faire ? Il ne vous mérite pas ! Il ne mérite rien, d'ailleurs. C'est un raté : un peintre raté, et un voleur raté ! Il ne laissera aucune trace dans l'Histoire, vous savez ! Ni dans celle de la peinture, ni dans celle de la délinquance, ni dans aucune autre ! C'est juste un raté… Un de plus… Ne vous préoccupez pas de gens de cette espèce, s'il vous plaît ! Pas vous ! Vous méritez mieux que cela, tellement mieux…

— J'approuve ce que dit Poirot, dit le policier. Oubliez-le, c'est le mieux que vous puissiez faire. Mais vous venez de l'appeler Heinrich ? Pourquoi ?

— Mais… c'est le prénom qu'il m'avait donné ! Pourquoi, ce n'est pas ça ?

— Donc je vais pouvoir rajouter « falsification d'identité » dans mon rapport… sauf qu'il n'y aura pas de rapport, comme je vous l'ai indiqué, fin de l'histoire ! Pour vous répondre : non, ce n'est pas son vrai nom.

— Alors je ne saurais même pas comment il s'appelait...

— Quelle importance ? fit François Trichet. Ces deux-là ont raison, vous savez, croyez-en un écrivaillon de province qui ne peut se prétendre à votre niveau mais s'y connaît quand même un peu sur l'espèce humaine : vous méritez tellement mieux que des minables comme lui !

— J'aurais juste aimé savoir..., murmura Marcel Proust, les yeux perdus sur la nappe.

Hercule Poirot le fixa un long moment, puis soupira.

— Marcel... passez à autre chose, voulez-vous ? Il y a d'autres peintres de talent... et même d'autres voleurs de talent, qui sauront peut-être vous enchanter autrement mieux que ce... ce comment d'ailleurs ? Moi non plus je ne connais pas son nom, au final, c'est agaçant ! demanda-t-il en se tournant vers Marjeau.

Celui-ci le fixa un moment puis soupira d'un ton excédé.

— Vous m'enquiquinez, Poirot. Il s'appelle Hitler. Adolf Hitler.

Fin

Ronce-les-Bains, 19 juin 2023

LA GESTE

www.gesteditions.com

Par ce logo, nous témoignons d'une volonté de réduire les impacts environnementaux liés aux activités de l'imprimerie. Nous choisissons un imprimeur impliqué dans la réduction des gaz à effet de serre. Le choix de nos papiers assure que la production a été faite à partir d'un produit à base de bois et a suivi le cahier des charges d'une gestion durable des forêts européennes. Achevé d'imprimer chez CPI Firmin Didot (178082) en France en février 2024 pour le titre « Enquête à Pontaillac ».

Mise en pages : Sarah Ponzo
Correction : Nord compo
Dépôt légal : premier semestre 2024

11, rue Norman-Borlaug
79260 La Crèche
05 49 05 37 22
contact@gesteditions.com